B

READ AND BE BETTER

无端欢喜

余秀华 著

GUANGXI NORMAL UNIVERSITY PRESS
广西师范大学出版社
·桂林·

无端欢喜
WUDUAN HUANXI

图书在版编目 (CIP) 数据

无端欢喜 / 余秀华著 . -- 桂林:广西师范大学出
版社 , 2024. 9(2024.11 重印). -- ISBN 978-7-5598-7018-6

Ⅰ. I267

中国国家版本馆 CIP 数据核字第 2024R6C629 号

广西师范大学出版社出版发行

广西桂林市五里店路 9 号　邮政编码:541004
网址:http://www.bbtpress.com

出　版　人:黄轩庄

责任编辑:罗梦茜

装帧设计:周伟伟

内文制作:张　佳

全国新华书店经销

发行热线:010-64284815

山东韵杰文化科技有限公司印刷

　山东省淄博市桓台县桓台大道西首　邮政编码:256401

开本:787mm × 1092mm　1/32

印张:9.5　　　　字数:172 千

2024 年 9 月第 1 版　2024 年 11 月第 2 次印刷

定价:68.00 元

如发现印装质量问题,影响阅读,请与出版社发行部门联系调换。

目　录

叁 有故乡的人才有春天

壹

平常人生也风流

只要星光还照耀

　　准备好了几天里换洗的衣服：一件红裙子，一条黑裙子，和一件花旗袍。我把它们揉进包里，也把一份倦意一起揉进去。衣服进去了，床上就空了，而倦意不是一个好对付的东西，把最稠的揉进去了，淡一点的立刻就生了出来。有时候人被稀薄的倦意包围着，反而有一些安慰。倦意是活物才有的东西，它包围住你了，也是好心告诉你：你还在人间呢。人间不够好，不会给谁欣喜若狂的感觉，但是它毕竟是我们待惯了的地方，其他的地方不熟悉，没有试探的雄心。

　　这三年，我过上了一段莫名其妙的日子：过一段时间就要出去和一些莫名其妙的人一起做一些莫名其妙的事情。也许他们从来没有感觉到莫名其妙，一个人不做一些事情才是莫名其妙。他们对开始产生的不适小心地接受，直到它合理地成为自己的生活状态。或者反过来是世界看我莫名其妙，想把我锻炼成一个不莫名其妙的人。行李里带衣服、茶杯和一些也许用不上的小东西。我把它控制在我可以背着行走的范围里。想起第一次去北京，我几乎什么也没有带：没有过剩的衣裳，没有护肤品，没有茶叶，也没有多一点的零花钱。但是现在，尽量少带的情况下，回家的时候还是重重的一包——除了一些友好的陌生的情意，还有书啊，茶叶什么的都要一齐背回来。

我的身体有时候好有时候又不好。好的时候我也乐意背多一些东西，不管是不是用得着。心情再好一点的时候，我就把这当作锻炼身体的一个方法，有时候也想把心里沉重的东西物化了背在背上。如果心里所有的重都可以物化了背起来真是一件好事情。背着的东西总有一个卸下的时候，比如到了目的地之后，比如在旅馆睡觉的时候。但是心里的重实在难成背在背上的重：能够转化的事物就是可以解决的事物，但是没有许多能够被转化的事物出现在我们的生活里，首先生死是不能转化的，或者说我们现在对生死的恐惧是不能转化的。最为直观的是我身体的残疾和虚弱是无法转化的。

这是一个应该被忽视但是又不得不悲伤的事情。记得去年，我一个人从北京西站回家，出租车把我放下以后，我七弯八拐去找候车厅，要进候车厅就要上一个很长的台阶。那天我的身体状况不好，包又很重。上台阶上到一半摔倒了，旁边有一些人看着我，但是没有一个人拉我一下，我挣扎了几下，没有力气爬起来，索性坐在地上歇一会儿。这个时候我的羞耻心消失了，它的存在几乎就是羞耻本身。我需要做的事情是走到候车厅，坐上火车，然后回家。如果连这个也不能完成，我的存在就会成为一个拉不直的问号。当然这个问号偶尔能够被拉直，但是那么快，它又会弯曲起来，在人世里跳跃着行走。我在人来人往的台阶上坐着，也在陌生的好奇的冷漠的目光里坐着。如果这个时候感觉不到孤独那肯定是骗人。想着自己掏心掏肺地爱过的一些人，如果他们知道我此刻的处境会怎么想？我肯定不能坐在地上对他们说爱，甚至我也不能坐在摔倒的地上对这个大地说爱，我不允许自己这样，但是我不知道为什么不允许自己这样。

当然是爬起来了，当然是回家了，但是我怎么也忘不了这个场景：一个人背着重重的包在人群里摔倒却没有力气爬起来的样子。现在我想起来就觉得那个时刻真实可触。一个人在疼的时候才知道疼还在自己的身体里，没有被酒精麻痹，没有被飘到半空里的名誉的、侮辱的东西麻痹。尽管世间种种，我们都不过在寻找麻痹自己的东西：小情小爱的小麻痹，功名利禄的大麻痹。我们没有处处摔倒在台阶上的疼，我们只有每时每刻从半空里垂直打下的虚空。回想起来：这虚空从降临在身体里的那一刻开始，就伴随连绵不断的层层加深的虚空而极尽了一生。从婚姻开始，两个互不相干的人莫名其妙地走在了一起，还有一纸不许随便离开的契约。我们以为两个人在一起就能够增加一倍对抗虚空的力气，从身体到灵魂，从肉体到精神，这是人最初和最后的期许。但是很快就发现，没有那么简单的事情：两个身体和灵魂之间有缝隙，发现缝隙的存在就是怀疑开始的时候。怀疑是一种力量，让宇宙的运行都可以倒转，当然缝隙不可避免地越来越大。最后终于崩塌。

这些存在的，虚空的，看得见的，摸不着的最后都被背进了包里。它们有等量的质地等量的份额，在虚空和现实里自由切换。我试图把这几年经历的事情理清楚，给自己一个可以相信的交代，但是到现在我还是做不到，如同一个被洪水裹挟的人不知道洪水是在把自己往哪一个方向带。然而再往前，二十年几乎以为无法改变的生活，清楚地看到是绝望把生活带进更深的绝望。什么都模糊了，绝望就异常清晰。当一个人没有力气对付绝望的时候，她就和绝望混为一团，在水里成为水，在泥里成为泥，在地狱成为鬼。当熟悉了绝望，绝望也是虚空的，偶尔奢望被偿还，但是看不到被偿还的途径。有时候感觉肉体也是虚空的，血和肉那么容易损伤，那么容易销蚀。两种都容易被损伤的事物里，是什么在如此积极地支配这一切呢？

或者说：是什么支撑着把余秀华的名字在人世里游荡了四十年？现在想来没有支撑，或者说支撑已经抽离了。没有一个信仰一个可以得到安慰的东西在生命的历程里劝告或者重组，一个名字恍恍惚惚，没有可以得到的也没有可以失去的，在存在和毁灭之间索性玩世不恭。当然，能够做到玩世不恭的人需要极大的智慧和豁出一切去的决心，更多的人是在玩世不恭和认真做人之间摇摆不止，我们不去做大奸大恶，也不必把自己活成一个被许多人瞻仰的榜样。我也做不了一个隐士，当然离真正的俗客又颇有距离，所以做一个平凡的人也有许多干扰和不得志，所以我一次次外出又一次次回来，任其裹挟、冲撞和毁损。如果一个人知道自己是在被毁损而袖手旁观，一定是她认可了毁损是生活的一部分，是和生命共存而且一起向前的一个部分。

　　一个人的精神里至少有四分之一个孔乙己。我们常常嘲笑的东西往往回过头来完成对我们自身的救赎，许多时候我们没有注意到或者故意回避了这样的契机，但是它一定是存在的。是的，我带了几条裙子出门，但是难堪的是，我坐在那里，怎么样都无法把双腿合拢，疾病的存在也让我丧失了优雅。幸好优雅不是一个人生活的重要部分，甚至不能成为一部分，它不过是一个女人绸缎似的哀愁里的一根丝线。基于随时被抽掉的这一根丝线，我常常让身体里四分之一的孔乙己变成二分之一的孔乙己，它让我在尘世里摇晃的身体有一个靠处。这个靠处是靠着地面的，几乎没有倒下去的可能。这真让我欢喜。

到了火车上，孔乙己就规规矩矩地从身体里撤退，不留蛛丝马迹，等着下一次我对他的召唤。我一般把包放在地上，这样好拿，等下车的时候就不需要别人帮我把它从行李架上取下来了。我一直背着朋友送给我的一个包，从来不敢拖着拖箱出门，因为上下台阶的时候，我没有办法拎，这是身体的局限。身体的局限就导致了生活方式的改变，或者不知不觉导致了思维方式的改变，这是我不能知道无法辨别的，而且来路已短，我也无法从另外的路上试图重组和塑造，这就是人生的局限，是人生本质上的悲哀。一个人上路，生命里可以陪自己的人越来越少，亲人纷纷离世，让人在这样的悲伤里一直回不过神。只能身披悲伤，继续在人世里横冲直撞，完成我们没有完成的人生。

　　火车从湖北荆门向四面八方奔走，像一个找不到方向的人。我跟着火车向四面八方奔走，是一个寻找方向的人。而方向也如同一次感人肺腑的开悟，迟迟不能到来。在火车上看风景是我坐火车做得最多的事情，有时候带上一本书也是没有心思看的，总是盯着窗外，尽管有几段路我已经走了无数遍，但是我还是会看它们，它们在短时间里基本没有什么变化，但是我还是想看它们。甚至在夜里，我也望着窗外，我想着在黑暗里可能一闪而过的奇异的风景或者灯火。我不知道这样的灯火能不能安慰我，但是我就那样等待着，像等着一道神谕。风景在风景里重复，可能产生新的风景，夜色在夜色里重复，可能等待的是一道神谕，一个奇迹。尽管像我这样的俗人，无法等到它真正的出现。

上一次去重庆，从荆门到荆州。再从荆州坐高铁去重庆。在荆州转车的时候，司机对我一个人摇摇晃晃背着一个大包很好奇，问我去干什么。我说在重庆有一个项目就把他忽悠了，不然他会怀疑我的脑袋也有问题。至于一个人的脑袋是不是真有问题，这也是一个说不清楚的问题，或者说这是一个哲学问题，或者说，我就是带着哲学问题出生的一个人。岁月惠人，年纪会给人一些安慰和安全，在我二十多三十岁的时候，如果我这样出门，一定会被误会为受了家暴而离家出走的人，或者是一个精神病患者，人们不敢接近一个精神病患者，因为不知道他在什么时候病发了给不相干的人伤害。如今我四十岁了，岁月给了我一张与人无害的脸，让我在大地上行走少了一些障碍。当人们能够用慈祥的目光看你的时候，与之对应的，你已经变得慈祥起来了。一个人就这样不知不觉地老了，老了的人多少会得到生活和陌生人的宽容，就是说我刚刚迈出脚在大地上游走的时候，我已经老了，这真是一件悲伤的事情。但是还能走动，多少抵消了这样的悲伤，相比于一辈子困顿于一个地方而无法迈出脚的人，这无疑是天赐的幸福。

从湖北到重庆，从平原到丘陵再到崇山峻岭。按理说这是一个逐步陡峭的过程，但是拿出地图一看，也就是从大拇指的左侧到大拇指右侧的距离，地图把大地缩小，随便也抹去了人在大地上走动的路途，地图上没有人，也没有入了人眼的花草树木，有的是河流、山的模样，这些都是模模糊糊的，只有路清晰得很。在地图上，一个人会看出自己从什么地方到什么地方，但是却不能清晰地知道当时当刻所处的经度和纬度，它们一次次交合，人就在它们无数的交合的点上往前跳跃，我们都是被网住的人，人的一生总想在什么时候突然冲出这个网，但是发现这其实就是徒劳，而人如果没有一点徒劳的精神，也就没有了认识的趣味。

刚出荆州城的时候是平原。想当年刘备借荆州在如此广袤的平原上需要多大的智慧和勇气，而刘表不过是自己败给了自己，把自己当成了一个微不足道的笑话嵌在历史的城墙里。这是人的性格和见识的选择，无所谓对与错的问题，我们看到的历史都是已经无法还原的虚拟，没有任何东西能够无一遗漏地呈现。而那些无法呈现的东西恰恰是文学性地被遮蔽在历史的长河里。或者说也是人性的微妙处。正因为这些东西的存在才托起了一个国度灿烂的文明。但是火车的行径处，这些能够给人想象的遗址是看不见的，或者从另一个层面上说，人不需要一年年凭吊这些遗址，不说那是已经过去了的无法确定的历史，单单往前看，人类的文明发展到高峰一定会发生变化。我不知道我们现在处于什么阶段，我们还有多少时间多少自信能够迎来自以为是时候的变化。所以，我知道这是一个游戏，从出生开始，就陷进了这个游戏的圈套里，但是除了以无聊对待无聊，又有什么好的途径呢？

平原上能够看到的房子都是平庸的建筑。人们已经没有了心思创新，好不容易有一段安稳的时期，就抓紧享受吧。所谓的享受就是接受日复一日的平庸，而且把这些微毒的光景在空酒杯里转化为甘露。大多数是二层楼房，灰的红的瓦顶，刷白的墙壁，恶俗的是再在白墙壁的四周刷一圈红色的油漆。这些房子静谧在那里实在是丑，它们剥夺了大地上存在多时的和谐之美。但是另外的和谐又时时刻刻存在着：当一个老人或几个孩子在这样的房子前面坐着、玩耍的时候，你就会看到这些房子的表情微微一动，仿佛微风轻轻吹动二月的树梢，人间之美一下子蹦了出来，让你无话可说。房子周围尽是稻田，从一栋房子到另一栋房子之间都是稻田，这时候稻子已经吐穗完成，正在经历一个饱满的过程，在火车上看不到这些细节，看不到它们从顶部开始黄，开始灿烂，开始在每一阵风里一点点庄重。它们在这里也许已经多年了，每一年都庄严地承担这样的成长和成熟。想想我的村庄，那个叫横店的地方，已经被一种似是而非的新东西所代替：我再无法和从前一样推开门就看见这些风里的景物，这些本来就应该置身于农民身边的自然之物。我，这么一个村庄的农民，正在失去能够称之为一个农民的根基，但是另外的看起来更文明的生活方式进入了，我没有办法识别哪一种生活方式更好，但是感觉到一种传统、一种习俗、一种简单而质朴的文明正在失去，而且不可扭转。

但是当我们抱着已经失去的东西哭，信誓旦旦地说它比我们正在接受的东西要纯正要好是不是也是矫情的？我们凭什么就判断失去的东西一定比正在接受的东西好呢？这是不是中国式的田园梦的自我催眠？这其实不是我能够想明白的问题，这些大问题就不应该让我这样没有追求的人想明白，甚至我对自己的人生、对自己正在经历的一些事情都想不明白，又何必想这些虽然在我身边甚至正在改变着我但是依旧无法触摸的事情呢？我喜欢看窗外，看这些我曾经看过了许多遍的风景。常常是这样一个人在路上，也习惯一个人在路上。常常是一个人看到整个平原，也就成了一个人的平原。但是我真的不了解我看到的风景正在发生的事情，日子在这样的走马观花里度过，原本应该深入的一些细节和了解还是原封不动地存放在它们一直待着的地方。当然平原上很少有孤寂荒凉的地方，人们从山上下来，为一种安稳来到了平原上，如同河流里的一些石头在水流缓慢的地方聚集了起来。我不知道房子里人群里有没有我前世走失的亲人和仇家，我不知道庞大的人群里有没有明晰的主线或者一种结构。如果是随意地组合，是不是又在期待着一种意外或者另外一种次序的发生。有时候从眼底一晃而过的仿佛很熟悉但是其实从来没有到过的地方或者一座房子会让人心里一震，但是记忆已经模糊，我们不可能在一个地方找到自己前世的影子或者分身。即使找到了，也不过是两个影子重复一种孤独。想想，如果两个身份：一个高雅富贵，一个贫穷庸俗，它们一旦重合会不会让虚无更虚妄，让怀疑像深井一样在人的周身打转，而再也不会有让人喘息的时候？而我呢，我的前半生和现在就如同两个完全不同的影子，它们却硬生生地重合在了一起。一个人不幸的一种是清楚地看清楚了自己的处境，你只能看着，却对这样的处境无能为力。

　　但是这一点也不能成为一个人哀叹人生的理由。人活着哪怕千重不幸，但是存在着，存在就抵消了不幸带来的一切毁损，所以生命是在宏大的结构里保护着生命的本身。火车一路西行，平原过去，就是山区了。山是不讲道理的，忽视了循序渐进的过程，有时候就平地而起，直冲云霄。火车开到湖北的边上，开到张家界，就可以看到连绵不绝随处拔地而起的山峰。海子的诗说：给每一座山每一条河取一个温暖的名字。这是多么美好温暖的一件事情。但是我觉得取名字边上有重要的事情，我常常想如果一个人踏遍祖国的山山水水，无论大山小山，陡峭的山还是平缓的山都去走一拨爬一遍将会是怎样的一种情景呢？如我般在火车里看着这些山怎么够呢？如果不亲手摸一摸山上的树木和石头怎么够呢？尽管这样不一定就被山接纳了，就消除了这样的陌生。我期待的不是和谁自己消除这样的陌生，我只是期待触摸一下它们实实在在存在的山体和树木。

有时候在山脚下，或者在山腰一块大一点的平一点的地方就会有一户人家，如同从天而降恰恰看准了一块可以盖房子安家的地方。山的衬托下，房子是那么小，人就更小了，人的复杂的行走路线，复杂的人际关系血缘关系，复杂的心理结构就更不值一提了。人更像山衍生出来的一个副产品，是无关紧要的一个附属。如果我在那样的房子里住上一年半载的，我将以什么方式抵抗比山更重的孤独？就是说我在这样的山里会产生新的孤独？这是一个有意思的问题，难道所有的孤独不是一个孤独吗？不，孤独是有层次的，我试图用这样愚蠢的理由来解释我新产生的疑问。我过于强调孤独了，自己的孤独和别人的孤独，这似乎是我理解自己和别人的一种简单而粗暴的方式。可是在这孤独的遮蔽下，还有多少深海一般的思想和际遇呢。

这几年，我在大地上走来走去，仿佛在补偿我前半生无法行走的缺陷。但是我们那个村子，他们最多把不能去许多地方当成遗憾，而且是无关紧要的遗憾，它从来没有可能上升为一种缺陷。他们困于一隅，也完成了既定的贫穷或者稍稍富足的一生。也许见多识广对这样的生活并没有多大的影响。但是人们对见多识广却一直期待和向往，他们可以以此炫耀，未必会意识到它充盈了生命的底蕴。而我来来去去，不过是为了完成别人的一些意愿，他们的事情做到一半，感觉到还差一颗弯曲的钉子。从一个城市到另一个城市，他们在人多的地方，幻想爬到人堆的顶端。卡尔维诺写的《看不见的城市》里有一百多个形态各异的城市，它们有一个共同的特点就是：危险！面临随时消失的危险，其实很多已经消失了，只留下一个遗址或者一个幻想的遗址在秋风里进一步走向毁灭。而现代的城市人们只需要做一个安稳的人就可以好好地享受。于是人们想拯救这样的状况，但是不知道从何入手，想来想去，文化才是城市的根源，也是人的根源，于是越来越多有一点文化梦想的人做起了文化事业，他们树立起了自己的文化品牌，开通了自己的文化公众号，在这纷纷扰扰的世界里试图沉静下来，也让一些想要沉静的人一起跟着沉静，但是不知不觉，还是被时代的泡沫吞了进去。我这几年接触到了许多这样的人，他们怀揣梦想，最后看着梦想活生生地憋死在自己的怀里。

　　我是一个没有梦想的人，从来就没有。让我感到快乐的事情无非是像这样的上午，一个人安安静静地坐在家里的电脑前打字，风从窗户吹进来，麻雀在阳台上鸣叫，这就是我以为的理想的日子，其实也就是田园似的日子吧，我就觉得这样挺好。我对城市的生活没有任何向往，一个人的日子还是要一个人完成，那么多的人聚集在一起，怕也不能给谁壮胆。我每次外出，就是从乡村到城市，从一个人的日子到许多人共同组织起来的虚幻。我常常想这种虚幻是从什么地方什么时候建立起来的：是从一个自己并不喜欢的项目，从不想笑却要刻意去笑的场合，从夜晚走进酒吧或者走进一个咖啡馆，从面对一个陌生人而封闭起的一部分心扉？从对电与水的占有？从对文化的企图还是想把自己从人群里拎出来的焦虑？说到底，人的欲望就是太多的人聚集在一起首先对公共资源的占有欲而形成的。我去城里，偶尔会觉得自己需要一些晕头转向，反过来这也是对在乡村里吹动的风的一种尊重。

看起来，人似乎被这样的日子给撕裂了，除非你能够从自己的生活镜像里跳出去，以旁观者的眼光看着自己这个奇怪的人，甚至当你跳离开去再不把自己当一个人看的时候，许多问题就能够迎刃而解。但是我从来不会把任何事物当成需要解决的问题，因为我就是问题的本身。在来来往往之间，一些情意会慢慢产生，人与人之间除了沮丧的部分也有温暖的部分，否则人不可能走到今天，何况是如此和平的一个时期。人产生的情意如同一层薄膜轻轻地裹住这个时代，轻轻地给这些沮丧的人一些安慰。我每一次外出也是安慰和被安慰的过程，即使没有人安慰我，这路途上的山山水水也安慰了我。只是我没有机会在那样的深山、那样的长水边待长一点时间，没有能够获得额外的富足。现在想来，这些人首先带给我的是一程程山水。想来他们也是看够了山水的人，所以才能选一座城市居住下去，嬉戏下去。但是别人的生活总是与自己无关的，因为这来来回回里，也没有和一个人建立多深的关系。这是足够寂寞的，而且是足够浅薄的寂寞。

　　但是一切不过如此。我不能不外出，我不能不在生活允许我嬉戏的时候浪费这样的机会。生活没有教会我顺从，但是我知道要顺其自然。火车在张家界的地域里前行，一个山洞接一个山洞，风声呼啸而来，又无声隐匿下去，每一次进山洞，我的身体都微微一颤，我以为山体里藏着一些秘密：宇宙的，人类的，群体的，个体的，人的，神的，鬼的……大地上的事情会在这个地方融化，它让人敬畏。一些鬼神的故事都和山有关系，甚至与开凿的火车隧道有关系。从荆州去重庆的隧道里，很多是没有安装灯的，窗外黑漆漆的，窗户上映出火车里的灯光和自己的脸。我常常想如果我的亲人——父亲和儿子，甚至已经去世的母亲，如果他们坐在火车上经历这样的时候，他们会想什么呢？儿子一定会看手机，也许会想一些事情，这是我不知道的。父亲母亲如果能找到和自己聊天的同座，就会聊一下七七八八的事情，人到了他们这个年纪，就是有许多话要说的。我想象我喜欢的一个人，如果他在此刻的车上，他会做什么呢？他会不会盯着窗外的夜色发呆，还是只顾着手里的书本看？他读了那么多，他也带着书本天南地北地走，他会不会和我一样永远不会对窗外的风景厌倦？

我是一个容易厌倦的人。这么多年，除了文字没有让我产生厌倦，什么都让我产生过厌倦，包括对一个人的感情。曾经以为的天长地久的情意那么容易就被自己的厌倦击碎，再也没有把它收拢的耐心。现在我对这个人的喜欢是如此隐晦，如同暮色掩盖下的大山：花草树木，鸟语泉声，老虎害虫都被深深地遮蔽起来了，当然是自己遮蔽了自己。我却在这样的遮蔽里得到了温暖，不具体的大而不当的温暖。常常想象他也在不同的地方行走，不同的是他是从一个城市出发到达另外一个城市，而回去的还是他原来的城市。如果他也是喜欢山水的，想来获得的就会比我多出许多了。但是我们，我和他，在命运的运行里，已经失去了交融的可能性，有时候也不会觉得这就是哀伤。仿佛这无法交融的苦痛产生了新的更辽阔的空间，我说不清楚这空间在哪里，是什么形态，但是我感觉到了它的存在。

火车突然停了下来，在一个陌生名字的小站。很小的一个站台，几个修路的老年人把铁锹栽进土里，对着车上的人笑着、猜测着。这猜测给了这些常年在深山的人一些趣味，他们瘦削的皱纹密布的脸上一缕缕笑飘了出去，在一盏昏暗的灯光下让人觉得恍惚。小站外面就是陡峭的山沟，如果谁在路边一个恍惚掉下去了准是没命。我们眼里的风景哪一处不隐藏着危险？想想我们的人生也是如此，看起来四平八稳的日子不知道哪天就一声惊雷。从车窗望远一点，就看见对面山上一处小小的昏黄的灯火，小心翼翼又满怀信心地嵌在半山上。但是如果从这个地方走过去，又不知道需要多久，经历怎样的困难？距离远远超出我们以为的距离。

就在这个时候，我突然看见了挂在天上的一片星星。它们出现得很突兀，仿佛一下子从天空里蹦出来挂在那里的，那么大那么亮。它们的光把黑漆漆的天空映蓝了，黑里的蓝，黑上面的蓝。我的心猛地颤抖起来，像被没有预计的爱情突然封住了嘴巴。在我的横店村，也是可以看见星星的，在我家阳台上就能看见它们，但是许多日子我已经没有在阳台上看星星了。一个个夜晚，我耽搁于手机里的花边新闻，耽搁于对文字的自我围困，也耽搁于对一些不可得的感情的纠葛，我已经很久没有看到星星了。

但是此刻，在这崇山峻岭之间，在这与乡音阻隔了千山万水的火车上，我欣喜地看到了这么多这么亮的星星。我几乎感觉到星光的流动，它们在流动里互相交汇而又默默无言。如果有一些天文知识，就会知道它们的名字，也会知道它们之间可能存在的关系，但是这些名字和关系对于它们都无关紧要，那只是别人给它们的名字，而不是它们本身就存在的称呼。如同我，一辈子带着余秀华这个名字行走，如果我愿意，我也可以换成任何一个名字，所以名字是无关紧要的事情。我在这些不知道名字的星星的映照下，几乎屏住了呼吸，我的一次呼吸就像一次破坏，如果这个时候我说一句话，那几乎是不可思议的事情，也幸亏身边没有可以说话的人。

　　这一刻，我是寂静的，身边的人变得无关紧要：我不在乎他们怎样看我，也不在意我脸上的表情是不是让他们觉得奇怪——这些，仿佛成为一个生命体系上最可以忽视的东西了，但是我一直那么在意过。我不祈求同类，也不希望理解，我还是那么在意过，这实在是一件悲伤的事情。这星天，这大山，把一列火车丢在这里，如此随意。火车上不管戴着多少光环的人同样被遮蔽在大自然的雄伟里。想想不出几十年，这些人包括我都无一例外地化为尘土，但是大山还在，从大山上看到的星空还在，想到这里，我感到喜悦，一种永恒的感觉模模糊糊地爬遍全身。而我，我受过的委屈，我正在承受的虚无也化为一粒尘土。我们向往庞大的事情：荣誉，名利，爱情，这些都是枷锁，是我们自愿戴上的枷锁，也是我们和生活交换一点温暖的条件，是我们在必然的失去之前的游戏。

　　火车停的时间不长，但是望星空却是足够了。在不可避免的污染里，还能看到这样的星空，真好。当然星空一直在那里，我们自己遮住了自己的眼睛。我们在一次次跋涉里不知道自己的去向，后来也忘记了自己的来处，但是去向和来处都还在，它们不会丢失，只差一个转身的看见。想到这里，温暖渐渐覆盖了内心的荒凉。

可怕的"永恒"

　　泰国电影《永恒》，当初我怀着对所谓伦理的好奇看了一遍，当时的感受我忘记了。前一段时间想起来又看了一遍，如果再进行划分，这部电影就会被我划分为恐怖片了。

　　故事是这样的：风流多情的伯父在社交场上认识了一位年轻的女子，女子美丽，对动荡的社会厌倦，有一双看透世事而还不至于绝望的眼光。她的气质一下子就吸引了阅人无数的老男人，把她带回了森林。但是森林里，年轻的女子和年龄相仿的侄儿一见钟情，最终用肉体的融合证明了这样的钟情。伯父发现了两个人的私情，用了一个特别的惩罚方式：用一条铁索把两个人拴在了一起。

　　这个老男人对人性的了解让他的阴谋没有意外地得逞：两个年轻人开始欣喜若狂，他们要的就是两个人永不分离的爱。

这根铁索不是特别短，两个人有大约 1.5 米的活动距离。但是没有多久，他们的分歧出现了，生活里一些琐碎的事情再也不能以爱的名义统一，痛苦出现了，一天天加深，最后到无法忍受，女人开枪打死了自己。

老男人的惩罚在这里就恶毒起来：他依然没有打开他们之间的铁索。他的潜台词可以理解为：既然如此爱，还在乎生死吗？他的侄子看着爱人腐败的尸体，疯了。一个女人可怜他，一刀砍下了女人拴着铁索的那只手，侄子就拖着那只手在森林里疯跑。故事在这里落下帷幕。

这个故事看起来凶残，不近人情，震撼人心。但是我觉得它的逻辑性是准确的：两个拴在一起的人，故事里的结局是唯一的结局，没有第二种。为什么如此震撼人心，因为它说出了我们共同的人性：爱在人性面前简直就是一个谎言。

一个人的悲哀之处在于，她在追寻爱情的时候依旧保持着对爱情的警惕，爱情的欢愉无法超过她对爱情本身的怀疑。（希望上帝原谅我如此悲观，如果影响了不谙世事的青少年，我很抱歉。）当然，四十岁的我再说到爱情很是不合时宜，因为对爱情的需要已经低于我对其他事物的需要。

我理解的爱情是通过不同的一个人找到通往这个世界的另一条途径，所以对这个人的要求是苛刻的：地球上的人太多了，但是看上去都不对。有时候看上去似乎是对的人，结果也不对，所以这是很烦人的一件事情。但是当一个人在家完成了打开世界之路的途径，爱情就不重要了。

从这个故事看来：两个人在一起形影不离，他们的生命形态就单一起来，他们的生命角度被迫单一，而双方没有能力给对方不一样的营养和喜悦，生命就此枯萎。问题是，如果是一个人在这样的生命角度上，是完全可以承受的，甚至可能一个人过得诗情画意。两个人不行，绝对不行：我们以爱的名义可以接受一个人分享生命，但是分享，不是入侵。任何被迫的连接都有入侵的成分，这是无法改变的事实。爱情不是万能的，至少它在被固定的距离里就出现了局限性。

一个女人爱着一个男人，在她年轻的时候，整整爱了十年，她曾经以为可以一直爱下去，所以在任何场合，她都说过她爱他。但是十年以后，她的爱已经不在了，她不知道为什么以为永恒的爱居然消逝得一干二净，爱情的秘密永远在，在你以为看破、以为了解的时候它依旧清晰地存在，对你的答案宽厚地嘲笑。

而周围的朋友觉得她不爱他了，是她变心了，是她的生活环境好了，她的心就不纯粹了。问题是她来不及变心，爱就退让了；来不及喜新厌旧，旧的就自己躲起来了；这个过程里没有谁失声叫出口。幸运的是：爱情是一件虚无的事情，我们高兴的时候可以为虚无的事情活一活，不高兴的时候，虚无和我们毫无关系。

可是，说到这里，我否定了爱情，难道是崇尚一个人的生活，难道一个人过下去？我无法回答这个问题，我的答案也许比爱情更短暂。头有些疼，如同一个人下象棋，左手把右手的将逼至一角，而右手失去了还手之力。

但是我喜欢"永恒"这个词语，喜欢这样的词语当然有一些自欺欺人的感觉。不过自欺欺人比别人欺骗你似乎要好一些。想象一下：两个人没有了爱情还被铁索捆在一起，我们能不能以人性的宽容允许一个人出现在自己的生命一角。答案是：不可以！生命的尊严就在于它的不可侵略性。生命里的许多东西无法跟别人分享：我不想成为别人，别人也休想成为我！结论：爱情不能侵略生命的自由！

有一首诗是裴多菲的：生命诚可贵，爱情价更高，若为自由故，二者皆可抛。这个诗看起来很完美，但是结论不一定正确：肯定，自由是第一位的，没有自由，其他的都是见鬼。我的排序是这样的：自由，生命，爱情。当然更科学的排列，生命就应该在最前面，不过在自由面前，我认输一回。

我想说什么呢？我想说人的天性：永恒的事物一定是绝对的，不可重复的。如此说来，我希望生命不是永恒，甚至可以轮回，不过轮回的意义又是什么呢？佛说：参破！好，这个问题解决了，不过参破如果是一个谎言怎么办，因为它可以无限人会在书里找到丢失的自己，就如同在一个缝隙里感觉到春天的气息。

延伸，让人永远参不破。而爱情，它存在，它的确定性并不是两个不变的人的确定性。爱情一直在，不过爱的对象发生了变化，这似乎并不能说明什么问题。

这几天，各个地方都在下雪。我这里没有，但是空气冷冽。遥想泰国的那一群人已经消失在岁月里了，一些为爱赴死的人也理所当然地消逝在历史里了，风在那个森林里呼啸，并不曾为谁的委屈招魂。

人间允许我活着，而且一时感觉不到危险，这已经是一件美好的事情了。爱情嘛，可以另外计较。

馈　赠

1

　　竟然觉得：当你心有幸福的时候，幸福就已经悄然光临。这时候，幸福似乎也成了天赋和能力。而这能力不是你努力得到什么东西的过程，不是你能够使出的力气、心机和技巧。恰恰相反：它是把一切形而上的努力放在一边，用一双旁观者的眼睛看着这些的时刻。把什么都放下了，手里无沙，心坦然在此刻，在天地之间。当能够放下一切的时候，放下的过程就是获得。

　　诚然，我不知道此刻我放下的是什么，我能够放下什么，也许，我也不曾放下什么，但是幸好没有影响我此刻的喜悦：阳光亮堂堂地照在院子里，照在旧了的瓦片上，照在屋脊和垂下来的瓦檐上；总是有一些小麻雀跳来跳去，在屋顶上，或者在院子里，这时候的阳光也是动态的，麻雀儿的翅膀一扇，阳光就一圈圈地扩散开了，和另外扩散开的阳光交织在一起，纠缠在一起，院子里就有了细微而密集的声响。晾在院子里的毛巾已经旧了，颜色已经毁得看不见当初，但是看着它，感觉安心，仿佛日子正晾在藤子上，把霉斑和漏洞都袒露给阳光。

这样的时刻一直被我热爱，由衷地热爱。当我第一次感觉到它的美好的时候，这热爱便从来没有间断。它一定无数次抚慰了我的悲伤和迷茫，在我不经意的时候；它一定许多次给了我不动声色的希望，让我一天天从床上跳起来。对阳光，对大自然的热爱一定是人的一种天性，它让我们不会背离自然很久很远。

这时候，如果想在这样的美好上锦上添花，就是沏一杯热茶，打开电脑，打开一个崭新的文档，让文字一个接一个地蹦上去。当然，这些文字的排列顺序不一定让人满意，可是白纸黑字看着总让人愉快。

有人总在问：你为什么写作，写作对你意味着什么。其实当你喜欢一个人或者一件事情的时候是根本不需要理由的，我无法判断所谓的理由是否总是带着一种不愿明说的目的性。喜欢一样东西，我说的是骨头里的喜欢，一定带上了先天性的属性，和生命的染色体有关。我始终觉得：写作的过程就是写作的目的！因为在这个过程里，你已经获得了足够的喜悦。写作的过程带来的喜悦远远超过了发表或出版带来的快乐，这是一个人能够把写作持续一辈子的唯一理由。

感谢上天赐予我写作的心愿，这心愿的存在就是喜悦的存在。

2

你为什么写作？

如果不用"我喜欢"来潦草，也是直截了当的回答，就很可能变成一个绕来绕去的哲学问题。当然说到哲学，也不必大惊小怪，"哲学"两个字也不过是一个笼统的命名，它并不对它命名的事物负责。我邪恶地想：我也不一定对我的文字、对我说过的话统统负责，因为我也许就是借用了哲学两个字完成了我人生的一些问题。

但是从根本上，我相信人生是没有问题的。我总是为求方便，把贫穷的、富甲天下的看成一体。我的意思是说：如果他们同时注意到了"人生"这件事，并在这件事上努力了，上天会赐予他们相等的财富。这财富是：喜悦。是和我一样在看到阳光的时候感受到的喜悦。

是的，写作也是在消除差距，不是贫富差距，不是所谓的社会地位的差距，而是心理的差距，对幸福感知能力的差距。我觉得这是人的根本差距。衡量幸福的标准就是衡量一个人对庸常的日子爱的方式、爱的部位。

写作是一个修行的过程。我总是觉得所谓看破红尘、突然躲到某个寺院里去修行的人有一些逃避的意味，但是修行肯定不是逃避，而是深入地理解，这深入的理解就是"看破"了。有人说诗歌和生活是分开的，我不知道他们是怎么分的，文字就是一个人日常的思想，怎么可能分开？这只能说明他们对诗歌不够喜欢。

我不喜欢的一种说法是：用生命写作。这肯定是本末倒置了。生活永远是根本，如果写作能够救赎生活，那也是上天安排的心性，自我的觉醒救赎了一段泥泞的岁月。到现在，我也不会以为，写作是对我的救赎，因为我的写作是一种天性，哪怕要饭，我也未必能够舍弃。那时候在温州打工，没有电脑，没有桌子，我是趴在床上写了半个本子。这与所谓的坚强没有半毛钱的关系，只是喜欢，骨子里的喜欢。

最贫瘠的人生不是物质上的匮乏，而是没有一个持续的爱好，想想就是一件很可怕的事情了。感谢上天，给了我写作的爱好，并让我从中获得扎实的欢喜，这是多么美好的馈赠。

3

　我一直在思考：为什么我会突然撞进人们的视线，为什么被许多人接纳和认识，为什么人生的聚光灯会一下子打在我这连配角都不是的人身上，我何德何能？这样想的时候，我对那些无端侮辱、谩骂我的人就没有那么多恨意了：这是我原本就应该承担的苦难，不过是在这样热闹的时候到来了，它也许来的时间不对，让我手忙脚乱，但它注定是会到来的。

　因此我对自己也有怀疑：我没有做什么好事，如果说荣誉，我担心配不上这样的荣誉。我不过在独善其身，而这独善其身的过程还伴随一些愤愤不平。唯一能做的就是不说假话，不是不想说，是一说自己就不舒服，感觉亏待了自己。难道上天就看中了这一点？未免过于厚道了吧。

　2013 年，我从错综盘结的事情和情绪里爬了出来，但是我依旧无法得到解脱，许多问题我知道症结，知道答案，问题是我不甘心：我觉得是我的残疾毁了我的人生，毁了我可能拥有的生活，那时候别说是骂人了，杀人的心都有。当然最后杀了我自己。怎么办？必须活下去啊，那时候的心情是：暂且活着，试试看。看什么我不知道。

　一个偶然的契机，我开始了写小说。每天不写多，只写两千字，但是坚持写。写了一段时间，我的心情好了，莫名其妙地好了，许多事情放下了，我想我真的是通过文字完成了自我救赎。写作一定给了我重新认识自己的契机：你得承认残疾带给你的一切！通过文字的自我梳理，我重新面对自己：你就是残疾，上天给你的残疾就是为了剥夺你可能获得的幸福。

那么反过来：我认为的那种幸福就一定是幸福吗？难道不是别人有而我没有所形成的嫉妒？我一遍遍思考我的性格，我能够承受的东西，再把这些与整个人生格局结合，我觉得：好了，这就是我应该承受的。上天给了我一副残疾的身体，我不为它承担一些，总是说不过去。

4

今天，2016 年 1 月 21 日上午，又是一个大好的晴天。昨天有人说今天要下大雪，居然变成了阳光灿烂的日子！儿子窝在被窝里玩手机，我早上起来洗了衣服，衣服晾在屋外的阳光里。干脆把没有洗的衣服也拿出去晒了。然后按朋友的要求给他写了一行字：让诗和爱在大地上放歌。他说可以按照我自己的想法自由发挥，我觉得这几个字就足够好了。诗歌和爱，我相信，会永远在大地上放歌，哪怕这个世界满目疮痍。

2015 年，我每一个月至少出门两次，有时候在外面待半个月。诗歌带着我天南地北地跑，我没有想到它有这么大的力量。然而无法否认：它的力量超过了我的想象。诗歌在这里体现着它的价值：它被人认可，被人接纳了。许多原来不读诗歌的人开始读诗歌了，到现在，我终于肯定了一点自己的价值：我把诗歌带出了家门！所以，对我毁誉参半的评价，我就觉得无所谓了。

有人问，你这一年到过了许多地方，想法和写作会有什么改变吗？其实不然。诗歌的本质是向内走的，外界的变化如果达到了引起内心的变化，才可能引起诗歌的变化，那些走马观花似的聚散，我还没有能力将其深入内心。而世界以及世界的变化不过是我们观照自己的一个参考，如果一个人指望外界的变化而改变自己，肯定是靠不住的。一个人为什么能够吸引别人，当然是他内部的气质外溢而出，这是独特的，外部的世界具有太多的共性，我们都知道，所以就失去了吸引。

我从来不指望吸引别人，我觉得这样很浅薄，我得吸引我自己，让我对自己有了热爱，才能完成以后一个个孤单而漫长的日子。我的这个心愿，是对自己最好的馈赠。

礼 赞

　　几日的艳阳被遮蔽起来，春节也就结束了，当然一些过于热闹的日子也不适宜久留，热闹只属于热闹本身，如同一件一次性衣服，过了一夜就穿不起来了。可是，也唯有短暂的热闹让我们沉醉，相比于长久的孤独。而孤独是一个书面化且高贵了一些的词，用在杂乱无章的生活上，如同给癞子穿上了一件华美的衣裳。

　　昨夜起风了，树枝相互纠缠，捧打，折腾出层次不同的响声：树枝高一点的，声音清脆一些，下面一点的或者被挡住的，声音就沉一点。风和树达成的共识里，有巨大的宽容，一些宽窄不一的形容词进进出出，落到地上又返回枝头。关了手机，我却怎么也睡不着，春天的一些情绪先于春天进入了我的身体。

想起傍晚时候，从田野上走回来，经过屋后的竹林，听见一片热闹的鸟雀的叫声。如今，这些鸟儿能够去的地方少了，所以一时汇聚到我家的竹林里了，这些可怜的鸟儿，幸亏人们现在还无法占领天空。

风起起落落，仿佛每一根竹子上都站着一只甚至更多的鸟。我不敢走进去看个究竟，在这个世界上，许多时候，我们都只是局外人。当然，做一个局外人也没什么不好，我们的快乐并不是一定的参与，而是适当的参与。想起在微信朋友圈看到的一个话题：不一定你的高曝光度就意味着世界接纳了你。

我想，只要不是刻意曝光、时时而为，也不一定就是坏事。而这个世界是否接纳你并没有确定的标准：何为接纳何为不接纳？你能够来到世间，就已经被世界接纳了，世界哪有那么狭隘，它不是一直宽容各种各样的人兀自生存吗？哦，你说的是被社会接纳，是被一种所谓的"成功"裹挟。但是我不受这样的裹挟，这样的接纳于我就是毫无意义的。

世界首先不是个人的吗？接纳是一件基本的事情，然后是融入，是能不能与这个世界和谐共处的问题。而"处"就关系到人际关系了，我觉得一切让人不愉快的人际关系本身就不是我所需要的，何必为它多花费心思？

世界能不能接纳一个人是次要的，首先自己能不能接纳自己才是根本。因为快乐从来不是来自于外部，而是来自于自己的内心。很简单的一个道理：我接纳这个不接纳我的世界，这个问题就迎刃而解了。

常常见到一些遗世独立的人，他们已经从自身获得足够的快乐，加之以山水物景给予的，这一辈子就能够自给自足了。我们即使不能做一个遗世独立的人，但时常保持一颗遗世独立的心也是好的：在我们不被接纳的时候，在外面被抛弃的时候，依然能够安度余生。

比如我家屋后的那些鸟儿，它们的到来就从来没有想过是不是被接纳，它们只是为了完成对生命的礼赞，而对生命的礼赞除了生命本身其他的都是虚设。基督教里有一首歌唱得非常不错，它对天上的飞鸟是这样说的：也不种，也不收，天父尚且养活它。老子的思想在今天看来似乎有局限性，其实它正好说的是生命本质的事情。

这些日子，我就在想：我被这个世界接纳了？那么多人知道了我，认识了我，甚至了解了我，我真的被这个世界接纳了吗？其实我并没有把这个问题想清楚，而且我觉得想这个问题很矫情，它与我的日常生活没有一点关系。一个人的日常生活才是生活，除此以外，不过我们需要做的事情，和这些事情带给我们的回应，如此而已。

退一步讲，就算这个世界真的接纳了你，又怎么样呢？你所过的还是日常日子。我们不可能也没有理由消费这个世界

一个满心疮痍的女人
如何把自己重新嵌进这个世界而不感觉到疼呢？
一个生命里背负了这么重的人
依靠什么才能让自己重新安身立命呢？

过多的热情。

今天的风还很大，和昨夜一样。无所事事的人心也不踏实。风把香樟树摇得很厉害，仿佛也不知道该把自己怎么办，摇一会儿放一会儿，乐此不疲。天色阴沉，房间里的光线也不明朗，横七竖八的书乱摆着，被这些书包围，如同无限的虚空里手里还有一根可以抓握的稻草。

看到余秋雨说的一句话：平庸是一种被动又功利的谋生态度。这句话让我喜欢，因为余先生的意思好像是：平庸不是一个人的本质，而是一种谋生态度。但是谋生就是平庸吗？一个谋字已经足够艰辛啊。而人在世间，除了谋生还能干什么？文化和艺术不都是在谋生的过程里创造出来的吗？我想如果谋生的过程已经完成了生命的喜悦，这就是人的最高价值了。

庸俗总是让人怜悯。我们在庸俗里耗尽一生，没有几个人能摆脱庸俗，但是我们又不能与庸俗为敌，除非是与生活的本身为敌。但是我觉得只需要一点好的心情就可以给庸常的日子锦上添花，这心情首先就是平常心，然后就是平常心上的一点爱好，只有爱好才是能够真正取悦自己的东西。其实庸俗好像一个地基，因为没有比它更低的东西了，有了庸俗做基，我们可以构建出许许多多的事物，如此多好。

说了半天，我是想安慰我正过着的庸俗的日子：而四十年过去了，我已经失去了逃离它的欲望，我已经有了一颗和它纠缠在一起的心。一梦惊醒：啊，四十年就这么过去了，我还没有准备好呢。而人生是不会留给你准备的时间的。不过好在人生从来就不是一场比赛，它不要求你的速度，只要求你把这一段路走完，甚至允许走弯路，因为所谓的弯路最后来看都是顺理成章。

吃了中饭，风还是那么大，叶子落在院子里，扫了一层又落了一层，时间斑驳，所有的事物都静谧在风中，只有风在自我喧哗。日子已经旧了，再旧一点也不过是今天的颜色。

我爱这哭不出来的浪漫

1

借严明的这个书名，在这段时间少有的安静夜晚里，敲几个字，芬芳自己。院子无月色，月在我心；月季无花朵，花在我心；我爱这幽寂的，清愁暗锁的夜晚。如同从一个热闹的场合里出来，回家的路上是大块的青石板，一些玲珑的屋角翘起古色古香，茶花怒放，猫步轻盈。

大地依旧宽容地收留着我，让我放纵，让我安静；给我沉迷，给我清醒。横店浓郁的气息在我骨骼里穿梭，油菜花浩浩荡荡地开着，春天吐出一群群蜜蜂。

2

有人自远方来，叩我柴扉，许我桃花。我无法知道我和命运有怎样的约定，我唯一能做的是顺其自然。顺其自然地活，某一天也是顺其自然地死。骨葬大风，无须祭奠。而现在，我在一个梦境里。人生是一个梦境套着另一个梦境，大梦如真。

真实的是和刘年 QQ 里的只言片语，我戏称他刘教授。他叫我小鱼老师，似乎看见他嘴巴嚅动了几次，齿缝里的气流，卷舌音不那么顺滑。然后是他那疑似八字胡嚅动的样子。有一次他说：你现在说话比我清楚啊。我大笑。

3

人都有自己的一个角色，有人喜欢把自己看成导演，我从来没有这样的野心。我一直尽力配合命运，演好自己的这个丑角，哭笑尽兴。该活着的时候活着，该死的时候去死，没有顾忌。只是现在，命运的错位里，聚光灯打在了我身上，我能如何？我本来就是这个角色，本真即为表演。

一直有人问：你现在成名了，生活有什么改变？天，让我怎么回答？生活是什么，是一个接一个的细节，我参加的那些活动、节目怎么能叫生活？我虽然不会对这美意警惕，但是的确无理由欣喜若狂。我爱这浪漫，这哭不出来的浪漫。

我心孤独，一如从前。

4

这一场变革里，"恩人"多了，"朋友"多了。而我身上的光芒如此小，不够任何人来匀摊。好几个论坛都说我是从他们论坛走出去的，其实我上好多论坛，我根本不知道我是从哪里走出去的。一些人称自己是"恩师"，也不知道人家文能为师，还是德能为师？

我在想，为什么会这样？想不明白，不过是看透虚无，让自己活得更无畏。

人生如戏。本真就是一个角色，你再多表情和台词，真的，不划算。

戴假面具入土，你会后悔吗？

5

去北京，总感觉是回家，《诗刊》在那里，刘年在那里，出版社在那里，杨晓燕在，范俭在，董路，天琴……这些名字让我心疼，让我短暂依偎，虽然无法预计以后的事情，但是此刻，我想起了。

人生是一次次遇见又别离的过程。谢谢苍天。

武汉，成都，昆明，我都遇见过我的亲人。

6

我不知道上天为何厚待于我，我如何有被如此礼遇的资本？我没有。我只是耐心地活着，不健康，不快乐。唯一的好处，不虚伪。

有时候非常累，但是说不出累从何来。有时候很倦怠，又提醒自己再坚持一下。

其实，此刻若死，无憾。

7

灵魂何处放？

这个倒霉的问题多么矫情，但是我的确不知道。我说：人生是一场修行。

难道修行没有欲望？去掉欲望的本身又是新的欲望啊。

我修行不为世俗名，我修行不为好婚姻，我有何值得？

我求心安。（写到这里，突然云开月出。）

8

于是想到诗歌的功效。

许多人说我的诗歌是个人抒情,不关心国家社会。亲爱的,关心是要实际付出的,我们不能在一个高大上的话题上粉饰自己。比如灾难,诗歌有什么用?比如腐败,诗歌有什么用?

诗歌一无是处啊。

但是,诗歌通向灵魂。灵魂只能被自己了解,诗歌不写自己能写谁?

活着，拒绝大词

1

第一个词：苦难。

这一年里，我到过了许多地方，见过了许多记者以及和我一样喜欢诗歌的朋友，他们或者在采访的时候，或者是在我演讲的时候提出问题：你是怎样把苦难转化成为诗歌的？是以什么样的心态面对生活的苦难？

说真的，"苦难"这个词的确会让人陶醉：好像一个经历过苦难的人就是一个值得尊敬的人，他的生活态度不会错到哪里去。苦难之所以成为苦难，它已经去伪存真了。还有一个意思仿佛就是：我是从苦难里出来的，我经过的苦太多了，我以后再犯错也是可以被原谅的。有多少人在苦难之中始终保持自省，有多少人经历过了苦难之后依旧不会自怜呢？

我对"苦难"这个词充满了敬意，但是如果说我的生活本身是苦难的，我则有了警惕。

是的，生活很苦，也很难，这个难是困难的难而不是灾难的难。我以为活着的、还在呼吸的人，无论什么样的际遇都不能叫"灾难"。因为选择权在你的手里，你随时可以逃之夭夭，没有人强迫你在这个世界上一直活下去。

苦难能够被转化为诗歌，已经是很了不起的一件事情，它给了我们书写的可能性和途径。但是反过来，苦难依旧是苦难的本身，我们的书写并不会减少它，不会让它得以改观。生活的难处对一个人心灵的影响就形成了苦难，书写出来只是说出来而已，但是它依旧在那里。

有一些时候，我觉得苦，苦不堪言，没有任何人可以帮助我，于是非常绝望。而人之所以会绝望是因为她有过希望，而希望往往是求而不得的欲望。往往这个时候我就会用生命的本质来劝解自己：活着，有饭吃，有衣穿。好了，这就够了，这是最重要的一件事情了。既然最重要的事情还在，其他的就不要那么计较了。人，不能贪心。

这个世界上，活得痛苦的人太多了。而所有的痛苦都是有根源的，这个根源其实很容易找到。很容易找到的东西当然不会有多好了。我们的痛苦还在于我们生命的短暂，在于这个短暂的过程里生命值不能被最高限度地利用。而苦难是从另一个方面成全了生命的价值，所以，谢谢命运的安排。

我十分想问：你以什么标准来判断我的生命就是苦难的呢？首先是因为残疾？对，残疾是一个不能忽视的词，它左右了一个人的身体，因而也改变了一个人灵魂的走向。我觉得人的身体如同一个实验体，它提供了不同的版本，看看能够把灵魂往哪个方向带。

不可否认：残疾的身体带来了许多麻烦，失去了许多的可能性。但是有一件事情是公平的：这个身体里的灵魂对外界的感受不会比别人少，这是至关重要的一件事情。真正的喜悦都是来自灵魂深处，而不是外界。

但是正因为这没有削弱的感悟能力，加上身体的困扰，就形成了深深的哀愁。我想，生命里有无法拒绝的哀伤，经历了这么多事情，这哀伤还是如影随形。但是这是苦难吗？不是。一个人怎么可能没有哀伤呢？

所以，我没有太多的苦难告诉你，你也不可能在我身上找到打发苦难的方法。我只想活着，咬牙切齿，面目狰狞。

2

第二个词：坚强

这个词不是一个贬义词，而如果用在一个女人或者一个残疾女人的身上，它肯定就不是一个褒义词。从这个词的词性和组合来看，它坚硬而冷漠，它是两只盯着你看而没有任何表情的眼睛。如果这个词盯着你看的时间长了，你一定会紧张、厌恶。

生活是一件自然不过的事情，而"坚强"是强加在一个人身上根本说不清楚的感觉。而什么样的人的表现会更容易给人这样的感觉呢：首先肯定是生活困难的人，比如我。我太符合这个标准了：我身体残疾，婚姻不幸，生活在农村；而现在，我妈妈病了。说真的，这些事情我也无能为力，我也只能望着它哭，我甚至想逃离这所有的事情，脱胎换骨。

我能怎么办呢？我根本没有办法，毫无办法啊。但是我还不想死，我得活着。因为活着，我就必须承担这些事情，这是被动的而不是主动的选择。没有谁会主动选择困难，除非那个人是神经病。因为这样，我就坚强了。

坚强这个词是赞美，但是翻开被赞美的对象，有哪个不是鲜血淋漓呢？坚强不是别人能给你的一项桂冠，而是你面对生活迫不得已实实在在的一种态度。

一个坚强的女人从根本上来说也是不幸的。因为她柔弱的肩膀得不到任何依靠，如此，甚至说她的生活是失败的了。幸运的是生活的失败既不可耻也不可怕，正因为这样的失败，她的人生就明明白白地摆在了那里。而我们的人生不是为了给谁看，也不是为了取悦谁。

所以，坚强关乎我们自己，是我们自己灵魂的对照。而这里的坚强就摒除了外界的看法和自以为是。我们所坚持的东西一定是我们喜欢的，因为喜欢，所以坚持，坚持久了就成了坚强。

我突然想到，当别人说我们坚强的时候，我们还是默默认了吧，没有什么好辩论的，也没有必要无聊到让别人来了解你那些破经历。你的经历不可能成为榜样，也犯不着让人来嘘唏叹息。

所以，不要说我有多坚强，我不过是死皮赖脸地活着，而且活得并不那么光彩。

3

第三个词：榜样

见的人多了，自然会遇到各种各样的说法，无论批评还是赞美，人们都喜欢用一些词语来界定你，不管对不对，他们的心里总需要一个评价。于是就听见说：余老师，你是我们学习的榜样。

这句话说出来总是让我冷汗淋漓。我不就是一个写了几句诗的农村妇女嘛，怎么可能成为别人的榜样？于是榜样这个词在我这里也形迹可疑了。

我从来就没有一个榜样，也就没有从任何一个榜样身上获取过力量，如果曾经的青春因为没有榜样而有所欠缺，那就让它欠缺着好了。

很多人都没有成为过我的榜样，小学老师说我是×××，我一下子就跳了起来：我是余秀华，我不是×××。我说不清楚这天然的抵抗从何而来，只是隐隐觉得：我不可能做到他们的事情，我的生命历程不可能和他们一样。

在不同的场合里见过不同的残疾人，他们的家人会对我说：余秀华，在那么艰难的环境里，你是怎么坚持到现在的，那你能给他们一些建议吗？

我老老实实地回答：我没有。

我的的确确没有。且不说我能有今天是一种偶然，当然这偶然里也离不开我的努力，这里就有了一个词：努力！努力是一种生活态度，与榜样没有什么关系。避开偶然不说，哪怕是一种必然，甚至有迹可循，但是依然无法给任何别的什么人提示和建议。

每一个生命都是不可复制的。一个生命是无法真正成为另一个生命的榜样的。我相信能够影响别人的只是一个人的生活态度；而生活态度能够有效地左右自己，需要长期的磨炼和反复对自己的提醒。这是一个内修的过程，几乎没有一个榜样能够影响你。

我不确定榜样的力量，我也不希望成为别人的榜样。我不知道有没有希望自己成为榜样的，但是一个人如果成了榜样，他本身就是不可思议的了。你的人生被别人复制了，这是多么可怕的一件事情。

其实更多的时候，我们在具体的苦难面前是无能为力的，生活具体到日常的许多细节，榜样就会退得远远的。榜样总是有一些诗情画意的感觉，而生活是实实在在的水深火热。我们有时候甚至不知道拿自己怎么办，又怎么可能去影响别人？

我们需要榜样，是因为我们在遭遇痛苦的时候不知道怎么办，我们找不到一个有效的途径，所以需要一个参照。而终于找到一个似是而非的参照，会发现这个参照也行不通啊。

我会告诉他们：多读书。阅读是有力量的，它会让人的心真正沉静下来。只有心灵沉静了，才会感受到真正的喜悦。无论多么不堪的身体和生命，我们都是世界上独一无二的。这独一无二就已经值得万分珍惜了，何必祈求更多呢。

我不知道这些是不是强词夺理了，幸运的是我不是谁的榜样，可以胡说八道。

4

第四个词：目的

到最后，会发现人生是一个过程，而不是一个目的。如果人生真有目的，那会是怎样一个目的呢？生命的终结是死亡，这与人生是没有什么关系的。生活的过程里，会有大大小小许多目的，唯独人生是没有目的的。

也许正是因为人生没有目的，所以我们常常感到生命的虚无，除了生命的本身，再没有其他的东西可以真正进入我们的生命，无论怎么努力，好像所有的力都使在空处，找不到一个着力点。这是多么可怕的一件事情。但是谁也不知道生命之后的死亡是什么，是不是面对相同的或者更大的虚无，所以我们只能够苟且于世。

人生不是一个目的，我们为什么还要活着，还要计较说不清的荣辱得失，我想，这大概是在无聊的人生里对抗虚无的一个游戏。有时候我感觉生无可恋，恨不能立刻死去，但是转念一想：死是注定的，一个人不用那么着急，哪怕名利尽毁，我们还有生命和自己游戏。

于是所有的问题在无法解决的时候得到了解决。人生不是一个目的，所以我们可以活得轻松一点了，我们常说：人就应该活得飞扬跋扈，但是真正能做到飞扬跋扈的确非常难，社会毕竟有它的次序，而这次序必然或多或少地制约着我们，一个人不可能完全脱离他的社会属性。

我以为生活的目的就是生活的本身，如同爱就是爱的本身一样。没有无缘无故的恨，但是一定有无缘无故的爱。没有目的的东西大多数都是美好的东西，因为它是纯粹的，纯粹是快乐的根本。于是我想到现在的文明带给人的是便捷，带给人心灵和精神的是损伤。

诗歌的书写也是一样的：有目的的书写一定是可疑的。我感觉写作的本身不能成为写作的目的。我写诗只是因为我喜欢它，而这喜欢正是写作的目的。为什么写作？喜欢是唯一的理由。喜欢的本身就是目的了。诗歌是把想说的话说出去，而生活不过是把想过的日子过下去而已。

人生或许没有终极目的，但是人却可以有许许多多的小目的：比如写完一份稿子，比如去看看风景。这些小小的目的总是让人身心愉悦，但是它们还是为没有最终目的的人生服务的。就是所有有效的行为都是为或许无效的人生服务的，这真是一件不可思议的事情。但是所有不可思议的事情总是存在高度隐秘的合理性。

所以我爱死了这说不清道不明的一生。我爱着人生里涌现的骄傲和低处的迷雾。我感谢我自己卑微而鲜活地存在。

也说死亡

　　说到死亡这件事情，我就无法自欺地心虚。年少的时候觉得它是一件遥远的事情，而且与自己没有关系，哪怕身边的人死了，也不会联想到自己：那时候真不识愁，所以愁就不是愁了。现在年纪大了，才感觉死亡就在身边，而且如影随形，哪怕一道门槛也可能是一个死亡的暗语。即便如此，我对死亡的事情依旧一知半解，哪怕自己也经历过死亡的事情。

　　几年前的一个深夜，我突然醒来，突然被一种深深的恐惧抓在手里，无法挣脱：死亡如一个面带微笑而非常阴冷的中年男人坐在我床边。他告诉我：如果你死了，一切就不存在了，世界上你曾经留下的不多的信息一会儿就消失殆尽，之后将不会有任何人记得你。就算有一点微薄的怀恋，也是怀恋者一点自娱的精神自慰，与你与他从来就没有什么关系。

这是我四十年的生命历程里唯一一次对死亡如此深刻的恐惧，以至许多年后还记得那个深夜的恐惧和绝望。后来我反反复复对当时的恐惧加以分析和判断，才知道不过是死亡的恐惧突然而至的一种惊讶，根本不是对死亡本身的恐惧。因为死亡是一件未知的事情，我们都不知道死了以后会有什么发生，所以才会惴惴不安。如同爱情到来一样，如同结婚一样，我记得当时我对婚姻的恐惧并不小于对死亡的恐惧，唯一不同的是，我们可以摆脱婚姻，但是无法摆脱死亡。

但是世界上唯一公平的事情却也只有死亡。也许死亡之后不公平的事情还会继续，但是无法改变的是死亡的本身是公平的。因为死亡是公平的，所以我们才有信心在这个世界上苟活，活得愤愤不平的时候还可以骂一句：别看你个狗日的现在得意，到时候和老子一样，死了也是一堆灰。

因为死亡的时间漫长，所以我们要活得尽兴。但是这从来就不是一件容易的事情。我们一出生就在一个陈旧的世界上，许多游戏规则要遵守，否则就会被踢出局。怎样活着永远是活着的课题，人们无所事事的时候会想一想，想不明白的时候就放一边，等无所事事的时候再想一想，所以一辈子过去了，在死亡这件事上还是浅尝辄止。当然最好也就是浅尝辄止了，否则一骨碌跌进去，就爬不起来了。

近来网上疯传的是一个十八岁的高中生，还是个研究历史的天才，因为一眼望透了以后几十年的日子而自杀了，网上叹息一片。这些年里，我对死亡的免疫力无端提高，没有任何人的死亡能够真正打动我，让我能长久一点地为他悲伤，何况是一个与自己毫无关系的人。我不知道那些乐于为不相关的人的死亡哀悼的人怀着怎样的心肠，他们的怜悯永远如此泛滥吗？微信上会有这样的心态：别人转载了他的死亡，如果我不转，似乎我没有同情心，似乎我对一个天才的消失无动于衷，于是上升到道德范畴——你这个人道德败坏！

且不说道德败坏是哪些人的判断，也不说他们是不是有资格进行这样的判断，反正道德一直在那儿，别人怎么玩是别人的事情。我唯一想知道的事情是这样的同情心在死亡面前有什么用：谁该死谁不该死？谁应该自杀谁不应该自杀？生命如同上帝给一个人买了一部手机，你爱惜着用，可以用许多年。你有摔东西的习惯，摔碎了，就没有了。上帝也不富裕，没有钱给你买第二部。

十八岁的高中生自以为把这部手机摸得透透的了，也看出了没有再多一点的功能，于是感到"没意思"了，于是经过"深思熟虑"把这部手机给砸了，至死的，还是一部崭新的手机，那些已经把自己的手机用得破旧不堪的人看了真正心疼啊。

年轻的时候我也想过：要么活得有意义，这个意义就是不断给自己新的东西；要么死去，反正人迟早是要死的。后来我觉得这个想法完全错误：意义不是我们想象的样子，价值也不是我们自以为是的那样。活是整个宇宙最宽泛的东西，我们的所谓意义和价值充其量就是一条直线，把另外的风景都弃置一边了，这是很可惜的一件事情。

十八岁的高中生把生命的价值和意义都粗暴地简单化了。上天给了一个人某一方面的才能已经是额外的恩赐了，他不一定希望你的才能为人间做贡献，因为人间怎么发展是上帝的事情。他之所以把一种才能给你，是上帝的的确确喜欢你这个人，他怕你在漫长而庸俗的日子里觉得枯燥。

而其他的大部分人必须过的是漫长的没有意义的枯燥的日子，这个没有选择。有的人会成功，但是成功是短时间之内的一个事件，成功之前和之后同样是枯燥而漫长的日子。这是我们必须忍受的。我觉得一个人的成功除了事业的成功以外，更持久和更人心的成功是在庸俗的日子里寻找到快乐。这个快乐点燃会很简单：你种过一棵植物吗？你看过它发芽、生长、开花、结果的整个过程么？

于是我想到这个高中生之所以对生命感到厌倦，是不是因为整天处在"人"这一单一的物种里，而世界那么大，他来不及去看看。其实许多事情，包括整个历史系统也可以用一两句粗糙的话一言以蔽之，然后就无话可说了。其实这只是看见了生命的横向性，没有看清楚生命的纵向性。比如一部手机，是的，它的功能不用几天就可以摸得清清楚楚，但是摸清楚以后不等于完全地利用，就算完全地利用以后也还会更新。比如我的手机，我首先会下载一个好用的电子书阅读器，光这一项，就足够我玩好多年了。

我不看轻那些自杀的人，我就希望他们自杀未遂。如果真正经历了死亡，人生境界真的会很不一样。它虽然不能消除对死亡的迷信和诱惑，但是可以活得从容一些：奶奶的，我就要和这庸俗的没有意义的生活死磕到底！

史铁生说：不要急，死亡一直在等着你。好像死亡是一个你非常讨厌的结婚对象。那么好吧，既然必须和这个无聊的家伙结婚，我一定要把我的忠贞，我的热情，我的好奇心，我的爱浪费在这个世界上，把一副空壳留给它。

人生辽阔，值得轻言细语

秋日小语

1

其实生命的历程让时间清晰起来，应该加一个时间的前缀：2015 年的秋天。于生命的本质而言，一些过往并没有起到实质性的改变，但是一些印记还是不深不浅地留下来了，一个热衷责备命运安排的人心里也会藏着同等的感激。不然这样的责备积聚到一定时候，会让人忘记生命原始的好意，自己更加不知道来处和去向。

这个上午，美好的东西恰如其分地打开：阳光照到屋脊再照到院子里是干净的；小麻雀和喜鹊就站在低矮的房檐里，有一声没一声地叫唤，慵懒得让人对这一个地域和这个地域上方的天空放心。如果没有屋外机器的轰鸣，时间就平整得没有一点裂痕，如同人的初始和终极。时间和爱情一样虚幻，你感觉到它的存在的时候，它才是存在的。那么人的衰老和时间就没有关系了？人的存在不过是借助了时间完成了生命以外的一些事情？

到了秋天，很自然就感觉到生命的体内有一颗小小的核，人也有如果实的沉重，从树枝上经过长久的风，下滑到泥土里。这样的感觉让我安心，让我对泥泞的春天消除了敌意。虽然有的果实皱巴巴的不成熟，但有果实的愿望和经过，也就没有少去根本的东西了。

那些来不及走到秋天就已经消失的人是不幸的。他们以为该来的都来了，再过百年不过如此，其实是不对的：没有在秋天的某个时间里安静得比一滴水更洁白，如何能体会到曾经的日子设下的伏笔？

一年里最好的日子就是秋天，是庄稼收割的时候和收割以后长久的寂寞和安宁。"请保持安详的神态，像终生隐匿的另外一个人。"我始终相信，会有一个时间，一个场景，让一个人心平气和地保持长久的安详。

2

随着天气而变化的情绪也是合乎情理的情绪。阳光里，许多事情被淡化，虽然淡化得多少有些刻意，但是能满足一天平安有序的生活，也是很好的了。

木心引海涅的诗说：一个人的心里有了爱，他的一生就会被弄得半死不活。我会心一笑，看来在世间被爱弄得半死不活的人不只我一个了，于是试图原谅自己，原谅爱情的本身。如果爱情都是可以原谅的，那其他的东西就不在话下了。

那么爱情的本身是从原谅开始的？我又轻笑。有时候爱上一个人感觉是在犯罪，因为诸多的不可能，让你无效地付出。但是恰恰是这样无效的付出让人欲罢不能。生活的一端是厚重的铜墙铁壁，我总想用另外一端的虚无和清爽把它挑起来，往往太轻了，我就把我的痛苦和眼泪一股脑地加进去，爱情总有不顾回头路的坚决。

而另外一个人，他满当当的生活里，怎么能融进一个说着方言的异乡人？我想我为什么一定得融进他？我难道可以以一己之力造一艘开往南极的破冰船？爱情的无能为力在让人心碎哀伤以外，就是让你更厚待自己和庸常的日子。所以某一个秋天里，我一定能站出深于一棵树的沉静。

3

时间杂乱无章，不知道怎么用。有时候许多可能最后不过变成一种不可能，许多缝隙都想让人钻进去，而又没有耐心，片刻就出来了。总希望在一个缝隙里看到从来没有见过的秘密，结果自己没有足够的智慧辨别下一个拐弯的地方。但是好在它足够宁静，不会因为你的唐突而改变。

但是这样的宁静还是外界的，外界的宁静来影响自己需要足够长的时间，如同阳光如何穿过皮肤、血肉抵达骨头。当一切杂乱得找不到次序，除了阅读，没有更便捷的途径了。不管什么样的书，能够入眼入心的便是好的，人会在书里找到丢失的自己，就如同在一个缝隙里感觉到春天的气息。

想起在广州图书馆，浩荡的书群，感叹一辈子读完其中的十分之一也是一件过于伟大的事情。人读书除了继承，更重要的是让自己快乐。阅读产生的力量大于其他的力量，这力量把悬空的人接下来，在地面上行走。而只有在地面上的行走才是真正的行走。当我心绪烦乱的时候，任何途径都是无法解决的，除了读书。

阳光好的时候，读诗，读史，读杂文都让人安详。安详的心境就接近了幸福。庄子说："人莫鉴于流水，鉴于止水。"人的品格展现于流水间而提升于止水里吧。人生没有被浪费的时间，除了阅读就是思考，而这以外，就是身体力行地活着。

4

　　妈妈问我：你最近还出去吗？我说不了。她的神色里有一点落寞，好像我不出去就是被什么人忘记了似的。我却不以为然。一个人不是靠别人记住才活着的，他们的记忆与我没有实际上的关系，而且我这偶然间被人们知道，我至今弄不清楚我带给他们的好处是什么，所以被忘记是一件情理之中的事情。

　　秋天里的人只属于秋天，不会属于秋天以外的事物。人的生命是脆弱的，人的记忆不知道又比生命脆弱多少倍呢，要求别人记住你是一件过于无聊的事情。而且我的秋天是在乡村，这触手可摸的真实比任何记忆都好。

　　当然有时候悲伤，心会落上一层薄薄的霜，这是秋天必要的事物，如同人必要的悲伤。一个不会悲伤的人是把自己关闭了，世界的气息再也无法进入她的身体和心里去，这样没有疼痛的存在和不存在是一样的。但是人为什么一定要感受到自己的存在呢？我们可以放弃感觉快乐的需要——人为什么一定要快乐才有意义呢？我想不明白。

　　只有爱情的悲伤婉转绵长。有时候，一个结果影影绰绰地在面前扭动，当你走过去的时候，却发现这个结果根本不是结果，人生是一个迷局套着另外一个迷局，是一个幻景连接了另外一个幻景，我们活得很实在的时候，别人看来，也许是虚幻的。

5

心里薄薄的冷是轻于万物衰败的，而万物衰败的温暖却让生命香醇起来。月季花就不再开了，我更喜欢它没有开放的时候。喜欢它低低的哀戚和忧伤。我喜欢人世里千帆过尽的疲倦，胜过相遇之前的欣喜和期待。花有期，它是善于等待的植物，它的花没有凋谢，只是藏在某处等它轻轻召唤。

枯萎得最踏实的是野草，它们各有各的名字，但是枯萎以后，就没有必要一一辨认，如同悲伤都有悲伤的通性。枯萎是一种彻底的顺从，布满迷人的光晕。它们叫风轻轻一推，就匍匐下去了，和爱情有着相同的姿态。爱情的本质是枯萎，我们试图走近，试图在这样的枯萎之上触摸天空的蔚蓝。

所以，没有人会对生命的轮回产生怀疑，这是季节馈赠给人的信仰。人其实是有信仰的，对大自然的信仰似乎从来就没有丢弃过。所以我有对秋天的迷恋，在秋天里的从容。我喜欢秋天一望无际的枯草，仿佛是对生命最深的礼赞。

这个时候已经没有悬在树枝上的叶片了，它们在风里打着旋涡下滑的样子却一直亘绵在树的周围。如同我死去的奶奶，她曾经在尘世的位置只有她本人可以占取和回来，没有任何人可以取代她的位置，没有一片树叶可以取代另一片树叶，这也是大自然的从容和慈悲。我们在秋天里有着前所未有的深情厚谊。

流水浅了。可以看见水底的石头，石头上的青苔，青苔之间若有若无的云朵的倒影。秋天的淡云啊，如同没有办法说出的心事，疼也一痕，醉也一痕。

6

夜晚，容易想起一个人，从一件事情一个场景不停地蔓延开去。如同野菊花杂乱无章跑得漫山遍野都是，但是无法进入他的城市，仿佛刚到了那里，风就及时地回了头，不会给一点儿的消息给他，只让我的忧伤如同夜色深沉。

想着忙碌的人对秋天不能触摸那么多，心有怜惜。"分取秋色"纵然十分愿意，但还是有一点矫情，爱在心里沸腾，却是无法说出口的咒语。秋天里的爱多重啊，端得累，不端就会碎。我们在这端与碎之间保持平衡，也算是一种从容。

大道无形，我们看不见的正赋予了生命的广阔。

下午：2015 年 9 月 12 日

看了一会儿诗，就无味了。一个陌生得可能下辈子都不会遇见的女人极有耐心地把一个日子拆开成短句子，仿佛一天的日子不配长的。但是这份耐心可敬，如我这般粗糙的人总是把一个个日子囫囵吞枣，吐一个核出来也是不容易的。

院子里西角散漫着不多的树叶，也没有细看是从什么树上掉下来的。卷曲的模样好看：触地的是身体里的一个角或者一小部分，无辜又天真。落叶是让我相信秋天的一个证据，轻薄但是可靠。所以到了下午，我依然让它们安心地待在那里。

能够投进窗户的阳光有一块手帕那么大，不大一会儿就小去了一点，被折起来似的。在这块危险着消逝的明艳上的是窗帘的影子，风里一摇一摇的，但是这晃动的影子是牢靠的，没有掉下去的危险。只是这窗帘足够二十年了，早旧了，我从来没有扯过它，怕一扯就碎成尘了。

屋子里乱七八糟的：衣服、书籍、桌椅……一副永远也找不准自己的位置的样子。我半生如此散漫，从不精心于房间的整理。与忙不忙的没有任何关系，大概心思落不下来。所以有时候我找一件衣服是很费劲的事情，幸亏衣服不多。而我对衣服没有要求的，摸到哪件穿哪件。如果想把一件衣服穿烂而扔掉实在是一件困难的事情。扔掉一个人比扔掉一件衣服容易得多。

那一块小手帕似的阳光终于看不见了，时间从一块明亮进入到薄薄的阴影，这阴影轻车熟路地铺满了整个房间，我松弛了一点，仿佛时间是压在身上的山，而又卸下了一小块石头。人身上的物质都是时间的物质，身上的情绪也是时间的情绪，可以与它为敌，无法与它较劲。这个时刻应该闭上眼睛，不让盛大的虚空成为悲哀，形成诱惑。

这个时刻，我不具备任何意义。当然任何时候我都是不具备意义的，人生的悲哀就在于它没有意义的存在，同样人生的幸福也在于此。于是我们可以死皮赖脸地活得兴高采烈。只是我此刻的没有意义更纯粹一点，所以才能被我模模糊糊地看见，我看见了，我又新生出另外的毫无意义，这些叠加在一起让我安心了。

喜鹊在门边的树梢上叫着，热闹得很。不知道它们的天空里有了喜事还是悲事，这略略高于人间的事情我是无力参透的。它们能落在人间叫得让人听见就是一件喜悦的事情了。想起那年冬天，下雪以后，屋后的大柳树上落满了喜鹊，像挂着一个个黑透了的果实，还不停地飞过来，落上去。

我和奶奶在前屋烧火烤，奶奶时不时拨弄一下，火苗子就往上蹿一下，好像被打着了脚的孩子。奶奶盯着火苗，长时间没有话说，或者她已经想不起来说什么了。她齐耳的头发梳得平平整整的，稀薄而黄的头发越来越少了，人老了，头发也懒得长了。

喜鹊越来越多，事物变化得让人想说话了。我拉了奶奶的衣服，用手指着屋后，她看了一会儿，惊叹道：啊，怎么这么多喜鹊，它们来干吗，是来开会吗？

我笑了起来。她的耳朵聋了，听不见我说话，更不会听见喜鹊的叫声，但是她说它们在开会。于是她的话多了起来：看看，又来了一只；看看，有两只掉下去了，打架去了。我本想说人家滚下去做爱什么的，知道她听不见，也就忍住不说了。

奶奶不在了，她的房间已经完全没有了当初的样子，父亲一个人在家里喂鸡的时候，把小鸡赶到她房里去了，如今，那房子里全是鸡粪，想来奶奶也不愿意再回那个房间的。阴阳两隔，不知道她现在在哪里，我都梦不见她了，但是她的模样我是永远忘不了的，每想及此，内心就有更大的空洞，生命来不及看穿，但这样被戳穿了。

现在，夕阳完全退出了院子。但是门口香樟树的树梢上还有一截黄翠翠的金色。风里，树叶摩挲出响亮的声音，一片片叶子把那光反射得没有次序，一副肆意挥霍的样子。一棵树比一个人活得骄傲得多，它甚至是飞扬跋扈的。生命的对比里，不是走的路多才看得更透，它最终取决于与大地的交融和互相的理解。而人，最终也会以这样的方式自我肯定，只是人间的弯路太多，又不好意思不去走走。

喜鹊的叫声带着水响亮的部分。把一个下午的静谧划出许多条印子，如一个孩子用绿色的彩笔在深蓝色的黑板上画出的短暂弧线。它用不着绚丽，足够你内心喜悦和信任就可以了。我们存在的幸福还来自于我们自以为是的先入为主，好像人间先有了我们，然后才匹配花草树木，鸟语虫鸣是我们说不清楚的事情，因为说不清楚，所以歧义丛生，而我们在这些歧义里选取让自己心悦的含义，对错无关紧要。

这个时候就应该出去走走了。肯定是听到了一棵野草，一棵野梨树隐约的呼喊。它们的呼喊细腻、神秘，所以不会直接穿过人的耳朵。这个时候我总是对我生活的地方充满了感激，生活一定预先知道我喜欢什么，所以就把这些都安排在我身边，它们毫无保留地让我看到，把一些微小的喜悦都挂在枝头让我去采，它们丰盈，饱满而富足，根本不会担心我会漏掉一些，它们会一直在那里微光闪烁。

它们有自己的内心次序，不一定要人明白，但希望人能尊重。我喜欢那些把腰弯到路中间的茅草，这样的信任让我心怀喜悦，我把手放在它们的身上，一路摸过去，它们摇摆但不战栗。秋天里，植物都是向下的，人老了，也就情不自禁地弯下身体，生活里的许多事情只教给了人一个道理：谦卑。成熟的谷物都低头面对大地，成熟的野草同样如此。我们用一辈子只学会两个字：敬重！因为敬，人才有了分量，才会被尊，因此而重。

黄昏永远是一层温柔的暖色，明亮却不声张，如同一份美好而干净的爱情。更如同一个女人四十岁的年龄，有酒的醇香但无醉人的诡计，让人无端信任。每一天都有这样的安排，生命如谜，看似猜破，但你猜出的永远不是答案本身。云从西边的天上一条条往东扯过去，仿佛一根根已经绞好的棉花，它们神奇地整齐划一，云条之间是天空，蓝得使人疑心的天空，如果云皱起来，它也会皱起来的。

电线上落着两只喜鹊：很肥大，仿佛天空把它们养得很好。白色的肚皮很醒目，好像说不出来却存在了多时的谎言。但是它们让整个田野美了起来。它们长久地静止，被天空和天空下的云吓傻。但是它们的静止也是一种动态。有生命的东西包含了永恒的动态，不需要证明，我们一眼看过去就知道它的原因。

有时候你会觉得一个村庄很不好，但是有许多鸟雀在田野里起起落落，你就会情不自禁地相信了这个村庄。因为鸟是天空下不会出错的生物，它落脚的地方肯定是好地方。虽然鸟对大地的信任是没有原则的，它也不需要什么原则，它的飞翔就是生命的原则。鸟儿飞旋，大地平安，不会有非常的事情让人提心吊胆，贫穷一点就贫穷一点吧，但是这个时候的生命给人的是无条件的信任，没有比这信任更让人内心喜悦的。

从对面的坡上看过来，我的家被淹没在树木和杂草中间，醒目的红色屋顶总有一份含蓄的喜庆：人生固然有太多哀愁，但是能够来到人间本身就是喜庆之事，更重要的是人间这么大，你想怎么感受都极尽自由。大地给人的自由如同夏天的峰峦层层叠叠，往往是人自己限制了自己，而延伸到限制别人，这是人类的狭隘和无能。生命如果是从狭隘走向宽阔的过程，那么这样的生命必然受到敬仰。

风过来，水渠里的芦苇一漾一漾的，许多细小的事物也跟着一漾一漾，仿佛追逐着刚刚从身上掉下去又阴暗了一点的光芒。我停下来，感觉身体里的微光也一点点散开在风里，但是我知道它们在某一个时间里会回来。

竹节草

我们那里的人都叫它"断竹青",我也更喜欢这个名字,这个名字更朴素也更形象,生活的经验会直接指向事物的本质,不管动物、植物,还是事情。竹节草是一种野草,夏季崔巍地混迹在庄稼之间,一般水稻地里是不会长的,它是在棉花、花生、玉米这些旱田作物之间。

它根本不忌讳自己是野草。当然它出来就不是什么野草,只是人要种庄稼,它在分别之心里才成了"野"的,我想即使它知道自己在这样的分别心里,也不会有自卑。一棵野草,它也许比我们更能看到神的存在,神因为它而欢喜,所以它也是喜悦的。《圣经》说:野地里的百合花,不劳作也不纺线,然而所罗门极繁华时穿戴的还不如这一朵。

神的出现,让一切的存在都是自然,因为少了区别之心。

而命运利益才没有区别，只有利益区别一切，有区别就有不平等，有不平等就有挣扎和斗争，而神似乎一直原谅着这些挣扎和斗争，因为它没有人的孤独、寂寞和焦虑。如果人都有了和平之心，就不会去争什么了，但是也会因此无趣。所以当有人嫉妒你，和你争抢什么的时候，请怜悯他们。

天真烂漫的植物总是有蓬勃的生命力。它们根本不需要任何安排，就知道被生出来就要拼命生长，这是天性，不需要任何理由。它们心无旁骛，除了长得更繁茂，更不可一世以外，没有别的使命了。而庄稼，这些因为有了人工培育的基因，剔除了一些东西，这些被剔除掉了野性，让它在大自然的环境里就略逊一筹了。它们失去了一些与自然斗争的性格，一门心思地想着开花结果了，所以欲速则不达，它们总是被脚边的野草绊住了脚步。只有自然的事物才能找到最近的通道达到生命的结果，而其他的因为要求更多的收益，就需要更多的付出，这很自然，也很公平。

竹节草在整个野草里，是异常顽强的，是那种不管不顾，有一点点希望就扑上去的家伙。我们锄草的时候，父母会反复交代：哪块地有断竹青，要特别仔细，不然隔不了几天，它就又绿油油一片了。但是我们显然斗不过一种野草，一不留神，一个微弱的根须落在地里了，露水一冒，它就长出了翠绿的小脑袋，让你泄气和沮丧。但是它就不管你的泄气和沮丧，欢欢喜喜地出来了，好像没有经历过被铲除的痛苦一样，又欢欢喜喜地长开了。

有多顽强的生命就有多纯粹的骄傲。所有的骄傲从来不会凭空产生，它有根基有底气，有对自己的了解也有对土地的信任。这样的骄傲就是不动声色的行动：它蔑视你气急败坏地斩根除茎，但是你摸不清楚它的根在哪里，它是把根藏在心里的，哪有那么容易找到？这样的骄傲也是坦诚：你铲吧，我没有怨言，因为你根本无法剥夺我生长的权利。也许正因为这样的坦诚和宽容，它才会在世界上生生不息。

而且它永远那么青翠。也许在庄稼地里有肥滋养的原因，我看见的竹节草从来都是绿油油的没有任何枯黄之意，人见了也会心生欢喜。一棵野草之所以成为野草，不过是因为它一不小心生错了地方，它的存在妨碍了另外作物，这是无心，也许是顺应了安排：生命永久的轮回，不过是多死几次罢了。而死，不过是必经的循环之道。如果一棵竹节草长在花盆，甚至不妨碍庄稼的田埂上，它就是特别惹人疼爱的一簇风景了，所以似乎这样的分别心仅仅缩小到庄稼地里了，这么一想，心里就会少了许多羞愧。

虽然我必须从庄稼地里把它拔出来，虽然我从来不觉得我做错了什么。如果我说我不应该，那我就矫情得恶心人了。自然从另一个方面讲，也是遵从已有的生活次序。虽然我们在某一个地域是敌人，但是我喜欢它，喜欢它每一次长起来的色彩，没有一点哀怨，没有一声哀叹。生命来了，喜悦都来不及，不想把时间浪费在叹息里。而我，有如它一般珍爱过生命吗？没有，我没有！

但是生命如禅，它给我们的启示也许没有那么直接，但是它一定给予出来了，因为这也是跟随生命一起到来的自然之道。道就是道路，所有的事物都是遵循道路而来的，大道无形，我们看不见的正赋予了生命的广阔。在这样的启示里，一切疑问会在不停到来的日子里慢慢消散，无声无息会是所有问题最后的答案。我觉得没有比这更好的方式，没有比这更高明的智慧。一棵野草，除了不要命地生长，除了在巨大的创伤之后还能欢喜如常地拱出地面，没有比这更高的生命礼赞。

我们民族的文明和文化里，有一个词：草民！就是如蔓草一样匍匐在土地上如蝼蚁一样生存和生活的老百姓。这个词粗粗看起来似乎含有某个阶层的鄙夷。幸运的是：鄙夷只会伤害鄙夷者本身，让他们的判断产生误会。依旧欢喜的却还是匍匐在大地上的人们。他们一丝不苟，认真竭力地过着每一天。人说这样的日子是小日子，但是日子均摊出去，无论谁的日子都不会大一些。

而正是这些随时可能损伤，随时可能被践踏的人们才撑住了历史的天空，才宽容了历史的剧变和剧痛，才让一个国家一个民族的文化和文明的基因渗透到泥土里得以保存。但是一个老百姓不会想到这些，他总是为生活发愁，总是期待好一点的日子，虽然这样的日子经久不曾到来。一棵野草也不会想到它骨头里的春天，不会计算它带给一个春天的意义，它就是要绿，除了绿，它没有别的使命，也没有别的心愿。

竹节草旺盛的生命力让人厌烦，它永远攒着一股劲：我是打不死的，我有取之不尽的绿。我要对得起我这样的绿。所以我们锄草的速度根本赶不上它重生的速度，人就是会败给一棵草，还没有狡辩的机会。父亲最后总是要借助农药才能让它老实一点。但是一般的农药它也不会放在眼里，除非一种叫"百草枯"的农药。这是农药里最厉害的一种，所到之处，毁灭得一干二净，需要几年才能恢复原来的生态。而人如果喝了它，只有死，因为没有解药。

竹节草只有在这一种农药里才会结束自己的生命，但是如果稍微有一点遗漏，它就又出其不意地长了出来。多么可怕的生命啊。我站在它的面前总是感到羞愧，我们离死亡还那么远，却已经把生折腾得不像样子。李白说：天生我材必有用。我觉得活着已经是最有用的部分了。你的存在本身就是一个传承，那些微弱的思想的光芒一定不经意地照亮过身边的人。

从四片叶子到十四片

在乡村里的人，实在不好辨别和植物之间的关系：这种先天的血缘，就像你说不出来父母和儿女的关系，想来，城市里的人和霓虹之间的关系不会超过继父继母和子女的关系，他们需小心翼翼地维护，遇见停电或者天灾什么的，这关系破碎得和建立起来差不多快。但是乡村里的植物和人，无论经历什么，总是能水乳交融在一起，这是原生的关系。我们在万千植物中间劈开一小块空地，建一所遮风避雨的房子，房子建好以后，周围的植物很快就会围上来，好心地探问。它们不懂得人需要怎样的隐私，而人的隐私大部分也在植物里找到了一个交托。

在这个地球上，人是最后到来的。人到来之前，植物已经用了几亿年的时间和这个地球交融：它们深情款款，直到每一处土壤温柔地接受，让它们把根系慢慢渗透到地底下，这是一个漫长的过程，漫长的爱和疼惜。慢慢地，第一个动物出现了，越来越多，直到人的到来。直到社会系统的完成，自然乡村的形成；直到一个叫横店的村庄在湖北中部的一块地方竖立起自己的牌坊，区分出自己的方言，拥有了自己的姓氏，开垦出自己的稻田。历史在急剧推进，一些灵魂慌不择路地来到这个时间段：他们想要在这个盛世上嬉戏一回，因为盛世过去，更多的灵魂也会跟着沉寂。如果一棵开花的树，它在雨水充足、养分足够的时候，就会不停地开花，花期也长。但是到了干旱的时候，它就不会开花了。因为花朵都已经在枝丫上站过一回了，它们需要休息。想来，灵魂也如此，在盛世里多出现一次，等盛世过去，就要多休息一个轮回，这也是衰败的时代，人也少起来的原因吧。

　　我也是被我自己猜测的一个：我大概也是逢着这样的盛世，想上到人间凑一回热闹。我大概也是不服轮回的管束所以就拿残疾来交换和管束，如此，等我死去，还真是一个不好交差的问题。所以人要对自己负责不是说说而已的事情。比如我现在经历的磨难，我把它认定为莫须有的罪过，我对自己是个受害者耿耿于怀，我对自己把清明的人际关系弄得如此糟糕耿耿于怀。但是朋友说：这一切都是前世的因果，你就应了吧。她如此说，我真就平静了许多：如果不是前世因果，他怎么会千万里找上门来和我对簿公堂。如果不是前世因果，他怎么会疯狗一样咬住我不放？也许，前世里，我路过一个地方，偶然冒出的一个诅咒就落到了今生今世。

心烦意乱的时候，我就蹲在一棵植物面前想这些事情。这个时候，一个农人和植物的关系有了微妙的变化。或者说是发现了与植物之间的更深远的联系，这联系本来就在那里，如父母和儿女的关系，在平时里都是自然的，不需要格外强调的，我们只有在受了委屈的时候才和父母说起，才坐在父母身边，让亘古的血液在彼此身上重新流动一回。蹲在一棵植物的面前，我的沉默就成了一隅深海，我又陷在这样的深海里根本不想出来。人在世界上可以被任何东西遮蔽，任何一件细小的事物都能够把人遮蔽到无影无形。我们的飞扬跋扈更多的时候是在给自己壮胆，是虚张声势。但是，在任何一株细小的植物面前，人的飞扬跋扈都会消失殆尽，因为你已经在它的面前蹲了下来，矮下了身姿。在家里，我的一半时间是和几棵细小的植物虚度了，我从来没有对它们说过我的委屈。我的委屈和它们新长出来的嫩芽一样，在微风里摇荡，不被外人知道，不被任何人安慰。当然也不需要任何人的安慰，除非我们需要一些似是而非的柔情糊弄着我们把这一段艰苦的日子度过。

这是一棵多肉，我不知道它叫什么名字，如果是刚刚长出来的叶片，就是粉红的，下面的叶子就褪去了一些粉红，变得有一些暗淡了。就随便给它起一个名字叫幽女吧，其实我应该给它起一个男性一点的名字，想想还是算了。我以为我阳台上的花，无论大小，性别都是女。产生这样的想法，应该是因为它们都长得斯文，不紧不慢的，如同古时阁楼上的小姐，对时间没有要求，不过是到了某一个时刻，父母一声吆喝，她就下楼出嫁去了。我不知道我的前世是不是这个样子，我觉得特没劲，也许就因为这样，我才有了今生的张牙舞爪。所以我希望我养的植物都能够长出飞扬跋扈的样子，但是它们都没有这个意思，让你干着急。

幽女是我春节的时候从淘宝上买回来的。（也许多年以后，没有人知道淘宝是什么意思，我们对现时现刻周身的文化和文明都有深刻的怀疑。）也忘记一共寄了几棵，后来活了几棵，反正幽女就这样活了下来。刚刚来的时候，它只有一层叶子——又脆又薄的四片叶子，颤抖着从一个小小的花盆里站立了起来，开始了一个前程未卜的生长。想来，一棵小小的植物要存活下来，真是需要极大的耐心和运气，它和一个孩子从来到这个世界上到长大成人一样艰难，甚至更加危险。没有谁会为了一棵植物的死亡而伤心欲绝，他们不过就是从花盆里把它们拔出来，栽上新的植物。新的植物站起来了，旧的伤心就一点点消散；新的植物长出了新的叶子，旧的悲伤就没有了蛛丝马迹。幸好幽女灿烂地活了下来，也灿烂地长了起来。

多肉植物是生长缓慢的一种植物，比不得菜园里的辣椒茄子葫芦，一夜就能拔出一个节。而越是生长缓慢的植物就越是给人带来更多的欢喜。大自然就是这样把恩赐分给了在大地上生长的每一种植物。大自然也把耐心分给了生长缓慢的植物，为了后来的美好。像我这样的急性子养一棵生长缓慢的植物，真是一种考验和教育。说不清楚为什么要养这样的一棵植物，用任何一个理由都牵强附会，干脆就说是一次无心之举吧。农村的人本来就在植物之间，现在又把这遮蔽自己的东西移动了一个位置，让它在自己的脚边，让它脱离自然的雨水而被一个无所事事的人用自来水浇灌起来。好像那些野蛮生长的情意不经过限制和修正就配不上什么似的。

　　我的许多时间是蹲在这些低矮的弱小的植物面前度过的，半敞开的很大的阳台把孤独也一丝一缕地放散开去。说起孤独，这真是一个难解之谜：艾米丽的孤独是一种——铅球一样的形状和沉重，稳稳当当地砸进了她生长的地方，时间越久，越像一个秘密的入口，吸引着更多的人去探险，去寻找黄金般的生命支柱。她就像一个外星人在地球上走失，她和谁都不屑为伍。她的孤独里也有铅球一样的害怕：她怕外界破坏她好不容易建筑起来的迷宫，她害怕自己找到了这个出口，出去透透风以后回来带上一种破坏，她知道自己可以治愈这样的破坏，但是她觉得没有必要多此一举。她的院子里也有常年开花的月季，有三角梅，有她那个时代的植物和摆设。她必定是用那样的摆设强化了那样的孤独：既然孤独无法消除，索性就把它做到极致。

我的孤独是打碎了铅球的孤独。是的，一个人已经不顾死活地把它压在了几个时代之上，我们也跟着欣赏了几个时代，叹息了几个时代。但是没有完，如同耶稣有用不完的十字架，人间就有用不完的孤独，这是和人性一起到来的天性。我的孤独里有了酒，劣质的，优质的；有了烟，从一块钱到一百块钱的；有了聚会，从一个地方到另一个地方，从一群人到另一群人。这些都是把铅球打碎了的孤独，是幻影，是迷药。人群里，你还不能回头看，你以为消减的东西正在乌云压日地朝你涌来，一次又一次。

这个时代也是打碎了的一个时代：我们尊崇的东西被碎成一点一点，在一个个夹缝里像碎玻璃一样发出尖锐的光角。这些东西从一碎到四，从四碎到十四。和幽女不一样，幽女是在增长，从四片叶子长到了十四片，这是生命在积累，在喜悦，在爱。它就在这狭窄的阳台上完成了它宽广的爱，而我，我不是在这个阳台上破碎的，任何一个地方都是我破碎的地方，世界被世界围攻。所以我注定要蹲在一棵低矮的植物面前，说不清是忏悔，说不清是委屈。而所有的忏悔和委屈在它面前都惭愧地低下头。

也许更多的时候，我们是在互相庆祝在这个多灾多难的时代和命运里侥幸地活着。

黄昏上眉头

1

对黄昏特殊地偏爱着，仿佛自己也是一个温柔微凉之人。这"温柔"之词用在我身上，自己都觉得有些可耻。但是不用"温柔"，却没有更合适的词语更能让我感觉熨帖。许多词语被我们用坏了，而我总异想天开地想把这些词语重新用好。

此刻，能够叫"黄昏"的时辰又退下去了一些，如同退进大海。再涌上来的浪就是"夜"了。我总是刻意在想象里把这个时间段拉长一些，如同掰着一朵喇叭花让它不闭合一样，我喜欢这个时候的无力和徒劳。我们是时间面前永远的失败者，但是有些失败也让人感觉舒服。比如此刻。

这是一个含糊的界线：前一刻有明艳的夕光穿过白杨树，

在它的躯体和叶子间亮出细小的声音；后一刻就是夜，我感觉到这个夜晚有温柔的部分——有风吹进窗棂。我以为有风的时辰都是温柔的时辰。

2

现在是 2015 年 8 月 26 日 19∶24。我打出这个时间，这个时间就已经过去了，有一些细小的东西却是怎么也抓不住的。一些东西也不应该被抓住，它告诉我们不能够贪心。它就是以一刻不停地流逝告诉我们永恒而朴素的道理。

儿子过两天去学校，此刻他坐在我的床上看电影：电脑里传出噼噼啪啪的声音，一个人变异了的声音。灯光缓慢地照着，比他成长的速度慢得多。我们在一个个黄昏里嬉戏打闹的事情仿佛就在昨天，而他一转眼就是一个大小伙子了，时间的残酷和恩惠都在同一个波段里。

母亲在院子里收玉米，她的咳嗽不停传来，这是黄昏里唯一的深渊。我总想把这深渊填得浅一些，但是这比抓住一刻时间更让人无奈。我们看似好好地活着，但是死别就在脚边，仿佛一不小心摔倒，就会碰到它。

3

　　所以 8 月的黄昏是最好的黄昏：好在有这样一个几十年的小院子，好在这个院子里黄澄澄的玉米籽。在所有的庄稼里，玉米是最性感的：它的色彩，它的模样，它的味道都是迷人的。如果我选择，我会在所有的庄稼里选择做一颗玉米，进这样的院子，晒这样的太阳，有这样的黄昏。

　　在我们这个江汉平原，玉米不是主要作物，它如同一个打游击的：哪里有一块不合适种水稻的地，哪一天一个农民高兴了，就漫不经心地把它种在了那里，收不收，收多少，都是老天爷说了算。但是它不管，有一块地就可以了，有阳光就不错；如果风调雨顺，那就发疯地长吧。

　　所以在土地生下根以后的每一个时辰都是好时辰，所以每一缕照在它身上的阳光都是好阳光，所以每一阵风都让它欢呼，所以每一次雨都让它感激。所以现在的它躺在院子里是如此谦卑、大气，而高傲。没有一个人的高傲比得过一棵玉米的高傲，没有一个人的从容能有一棵庄稼的从容。

4

家里两个月前来了一只小猫，被人遗弃的小东西，黄色的毛发上没有了一点光泽，像一根根竖起来的小刺，它的鼻头上有一个黑点，如同调皮的孩子画上去的一样。开始来的时候，它没有了一点力气，叫声嘶哑，好像活不下去的样子。妈妈从医院回家，煮了泥鳅，人吃肉，猫吃骨头，慢慢就长出了模样。现在它可以自己在椅子上玩耍，叫声很细，但是不嘶哑了。

那天中午吃饭的时候，把腌菜里炒的玉米粒挑出来扔在地上，它吃了，这让我和妈妈都很惊讶。于是又扔了花生米，它嗅了嗅，走开了。妈妈挑了好多玉米粒放在地上，它都吃了，真是一只奇怪的猫。家里不间断地养了许多猫，第一次看见猫吃玉米的。

下午，我们在门外剥玉米棒子，不经意看到院子里来：小猫居然在院子里挑玉米粒吃。吃熟的玉米也就罢了，它居然也吃生的。小小的脑袋歪着，很费力气地嚼着一颗玉米粒，憨态可掬。阳光把屋脊的影子照了下来，它的半截身子在阳光里，半截在阴影里，但是它没有顾及这，只一门心思地想把一颗玉米嚼烂。我问妈妈小猫吃过老鼠吗，妈妈说它吃过：那天妈妈打了一只老鼠，扔给它，它一下子就扑了上去。

5

等太阳落下去的时候，爸爸就会把玉米收拢，担心天会下雨。虽然有天气预报，但是有时候天气预报也和人一样不可靠。8月的树木正葱郁着，没有树叶落到院子里，因为屋脊挡着了，连影子也是落不进来的。竹子做成的扫帚扫出温柔的"哗哗"声，如微风里的波澜漫上沙滩的声音。水的声音证明海还在，而扫帚扫着玉米的声音证明父亲和生活都还在。

在晒玉米之前的几个日子，院子里晒的是花生。我们这个地方什么都长，所以人们什么都种。今年妈妈生病以后，地里的事情就由爸爸一个人做了。拔花生的那几天，可把他累坏了：没有雨水浸透的花生地，花生怎么也拔不起来，爸爸只好用锹挖，一棵一棵地挖，一块花生地挖了好些日子。

晒花生和晒玉米是一样的晒法，玉米重一些，滚在地面上的声音沉闷些；花生晒脱水分以后，花生米和花生壳之间有了缝隙，它们碰撞出的那种声音不好形容：就是庄稼成熟之后骄傲、满足又谦卑自重的声音吧。爸爸收拢它们的时候总是在黄昏：仿佛一棵庄稼不见过几个院子里的黄昏就不是主人家的庄稼一样。我看看爸爸的头发，还没有白的呢，于是我对生活多了一份放心。

6

　　如果这个时候没有庄稼之事，也不愿在院子里待着，最好不过走出院子，去田埂上走走。从后门走出去，太阳已经成夕阳了。而且还是个月牙形的夕阳。这个时辰是我以为一天里最好的时辰：该做的事情都做了，心里没有了挂记，正好轻轻松松地走一走。心情好，就走远些，我一般走到村头的水库，绕一圈再回来，那时候天就黑透了，黄昏就被走完了。心情不好的时候，就在近处看看，这个时候，黄昏就退得慢一点了。

　　退得更慢一点的是敷在草木上的一些夕光，它们敷衍在那里，已经不很牢靠了，在风里摇摇晃晃的，不经意就会落在地面上。在地面上待一会儿就没有了，没有一点痕迹。光还是比水伟大一些：水消失的时候，总会留一点湿印儿，而光是不屑于这些拖泥带水的东西的。它来得干脆，去得猛烈，几乎没有一种事物和它有可比性。

　　黄昏一定是与这样的光纠缠在一起的，这个时候的光也是最妩媚动人的：它柔和，包容，体贴。如同一个人离世时候的回光返照。"回光返照"这个词让人柔肠寸断，好像一个人在世界上是以一团光的形式存在的，他要走了，还要回过头来照一照他曾经待过的这个世界。

　　我喜欢田野上的这些夕光。成片的零碎的都是那么美好。

当它抚摸过我的头发的时候，我就有了一天里的幸福。这幸福仿佛是从我的身体里出来，又投影在我的身上了。

7

黄昏是有地域性的。我非常喜欢这样的地域性。在我的眼里，黄昏更多的是属于横店的了，像一个人的方言不容置疑。一个人被注定的不仅仅是命运，还有许许多多其他的部分：比如你注定在这样的一个时间里在某一个地方行走，流连。横店的方言很轻，如同切开的苦瓜弥散开来的清苦。因为方言很轻，所以横店的黄昏也就一样轻了。

首先是虫鸣。我家今年的土地荒了，没有种庄稼，小虫们泛滥起来，比往年不知多了多少倍，黄昏一来，它们就伸伸翅膀跳了出来，低一声高一声地叫，如同找回家园的一种欢唱。是的，它们找回了失去的家园，我也在它们的身上找回了童年和故乡，所以月光如此清澈，所以月光之前的微风荡漾有致。

我们迷恋野外一些细小的事物:细小的动物，细小的声音，细小的骄傲和叹息。还有透过一些低矮的植物落在它们身上微小的光芒。有庄稼的时候，我和庄稼是和谐的，没有庄稼的时候，野生的动物和虫和我也是和谐的，因为我在横店，我怎么样都是和谐的，因为我就是它的一部分。

8

　　有一些向内的放逐：背井离乡似的更接近故乡；自我遮蔽般的接近真相。而我更愿意相信一个人是无法说出自己的真相的，能够说出来的真相都是伪真相，所以生命里有连绵不断的悲苦和这悲苦之上的故事，只有细节没有结局的故事——我如此，虫也是如此，映照在我们身上的夕光无声无息，如同无限悲欣。

　　我钟爱的这个时辰把一个世界呈现在我面前，此刻的世界是一种温柔的性质：山吐风微蓝，水吐出的蓝稍微淡一些，它们在巨大的交融里有一些微小的对抗，这迷人的对抗里呼哨尖刻，但是这样的尖刻其实抓不住的。抓不住也说不出来，一说就错。而我偏偏沉迷于这些无法获得的错误。

　　在田埂上可以走很远，但是无法走过一棵茅草。你在这里，它就在这里；你走到那里，它已经跑到你前面去了。你仔细看它，它不过就是那个样子：粗糙的边，凸出的经络，好像有巨大的后台支撑着它，而这支撑就是永远沉默的土地。这土地同样也是我的后台，让我死有葬身之地。

9

　　我在这个时刻似乎是满的，一天的时间都慢慢流向了这里，它让一个小小的人物有了丰盈之感。原来时间也会有有形的流动，而我是一个干净的潭，等它慢慢向我流过来。从田埂上回家的人们，他们也是满的：一天的日子，每一个时间段都用上了，它们在田野里闪着光，细微的、不动声色的光。在黄昏的田野上行走的人群的身体的弧度是多么值得信任。

　　写到这里，我突然觉得我什么也没有说出来，我能够做到的是把自己更深地契进它，我不过是它的一部分，不能全面地看到它，我不过是等着被它安排的一部分，我以我的沉默赞颂它，而我的赞颂是它给我的多出的一部分。

有故乡的人才有春天

我的乡愁和你不同

　　我是一个只有家乡而没有故乡的人，这一度是我比那些有乡愁的人更犯愁的事情。所谓的故乡是当你离开生你养你的地方以后，回过头来对你老家的称呼。但是我从来没有离开过横店村，我就无法把横店喊成故乡，在那么多美丽的乡愁里，我感觉到自己生命的一种缺失：因为身体的限制甚至剥夺了我有故乡的机会，一辈子不离开一个地方，我理解为一种能力的缺失，如同我这样的，无法在既定的命运里为自己转一个小小的弯。乡愁总是能够打动人心，余光中的《乡愁》更是感染了几代人。当然余老先生的乡愁最后变成了民族的，国家的。一个人的愁绪和国家联系起来，就成了一个民族的公众情感。而我们，没有机会产生这样的公众情感，我们的情感不会超过一个村庄的范围。

但是年纪慢慢大了，我再没有为不能够离开家乡而耿耿于怀了：我怨恨和对抗的不过是我自己，我甚至觉得并不是我的身体限制了我，而是我本身懦弱的性格限制了我自己，我没有足够的勇气和胆识，而生活也没有给我足够的压迫让我孤注一掷背井离乡去干什么事情。我的父母像溺爱一只幼鸟一样把我护在他们的羽翼之下，后来是我的孩子，我希望陪伴我的孩子慢慢长大，我看见许多缺少父母关怀的孩子，他们的孤独导致了许多问题，我不能因为无法确定的事情而让我的孩子有所影响。所有的孩子从生下来开始就是一个独立的个体，如果我的离开让这个个体产生新的愁绪，同样是得不偿失的事情。凡此种种，我在横店生了根，怎么拔都拔不起来的根。

就在前几年，我还在想，就这样安安静静地过一辈子吧，在生命的长河里，注定有许多群众演员甚至被遗忘的人，每个人在自己的角色里找得到快乐就是赢家了。虽然我不是那么快乐，人生哪有那么多兴高采烈的时候呢？我平静而安详，对生活没有什么多余的期望，我就感觉这是最好的事情了。人生真的如一场戏，你仔细去看，却发现每个人都演得那么认真。我想起我们早年玩扑克牌的时候，那时候还不兴用钱来打牌的，但是人们同样玩得认真，费尽心思地算计和思考。命运生怕看透，即使看透一半也是一件不讨人喜欢的事情。我想我对乡愁这个事情也不过看到了一半，我看到那么多的人到最后总是想着落叶归根，他们只是在人生里打了一个转，最后又回到了最初出发的地方，我对自己的了解是我也不会逃脱这样的方式，如果我真能够离开横店而去什么地方的话。所以我不过提前过着我在外面想过的日子。

我以为一辈子不会产生乡愁，因为一辈子就在横店这片小小的树叶上。小小的村庄三百多户人家，那么多的姓氏在绝大多数的时候各自为政，各自有着各自的生活，其实也是大同小异的生活。在这大同小异的日子里，人生的落差就变得很小，甚至连经历的差异也很小，大同小异的日子导致了大同小异的生命和人生；由此而没有了嫉妒和憎恨，由此而安贫乐道。所谓的安贫乐道是在看上去大多数和自己差不多的生命形态里找到的平衡。这是一种普遍性的安贫乐道，适合用在中国的小村庄和小村庄的文化里。

以前，也就在两三年之前，你随便走进哪一个农家，首先看到的是挂在屋檐的红辣椒和苞谷，屋檐下有一些锈迹的铁犁，开春以后，这犁一下到地里，上面的锈迹就会被磨得干干净净，这犁就会白得灼灼发光。乡村里的一些东西有时候是半寐的，这是一种等待的状态，等到自己的季节，等自己内心的呼唤把自己打开。其实整个乡村也是如此一种半寐的状态。半寐并不是沉睡，是眼睛闭着心还醒着，是四季里万物的变化无一遗漏地仍然从生命里经过而且留下痕迹。横店是一个比较大的自然村，三百多户差不多两千人，随着微微起伏的小丘陵地形零零散散地形成一些几户人家居住在一起或者单独居住的样貌。平常的时候都是静悄悄的，各人忙着各人的事情，如果在早晨，比人更热闹的是各家各户屋后竹林子里面的鸟雀。这里的喜鹊和鸽子都是成群结队的，麻雀就别提了。我清楚地记得在一个下午，因为周围都在施工，喜鹊飞了许多落在我家门前的一棵小白杨上，把它的枝丫全部都压弯了。

但是这不是一个富裕的村庄。虽然土地很多，但是好的政策实施的时间不长，人们好不容易从沉重的农业税里爬出来。那时候交了农业税几乎没有什么结余，如果一个家庭种地少了就会入不敷出，但是老实巴交的我的乡亲从来不会觉得这有什么不合理，他们觉得交不起农业税是一件丢人的事情——反正我的父母每一年都积极地交了。我和弟弟读书，他们利用农闲的时候辛辛苦苦赚一点外快：比如在村子里收了鸡蛋到荆门城里去卖，一个鸡蛋赚五分钱，他们十个鸡蛋赚的钱在现在到商店里去买东西几乎是不屑被找回的零钱。那时候父母欢欢喜喜地赚着这五分钱，日子的富足就是这样五分钱五分钱积累起来的。到了今天，我自己都说不出来需要多少钱才能累积一点点心里的富足，一些些对生活没有要求的自足和快乐。那时候人们没有愁，他们偶尔闲下来产生的心思都是对日子不抱实现的希望的盼头。是不是生活的美好就是这样不抱希望的盼头呢？

盼望就是心里产生的热，是温暖的过程，这本身就是结果吧。

　　慢慢地，村里出现了一些两层的小洋楼：这是出去做生意赚了钱的。一般的人都是出去打豆腐。石牌是有名的豆腐之乡，豆腐生意做得全世界都是。但是绝大多数出去做豆腐生意的都是石牌人，即地域上散布在石牌镇周围的村庄里的人。我们村属于石牌镇，虽然隔了不过二十公里，出去做生意的人就少多了，因为村里的地多，把地丢下了实在心疼。当然主要是没有形成这样的风气，看着别人赚了钱还是不敢出去。后来终于有人出去了，一个出去了，就会有人跟出去，但是还是不多，大部分人还是守着家里的土地。我们家同样如此，总是有许多放不下的地方，总是有这样那样走不开的理由，一家人偶尔想想发财的事情也就放下了，父母继续种着家里将近二十亩地，一年年，岁月是一个优秀的说客，把外出的梦想说得一塌糊涂，让我们一家人老老实实地守着这个村子的零零散散的那么多地。出去做豆腐的人回来在村里盖了小洋楼，当然叫人羡慕，但是住得不集中，也不是天天都可以看到的，这份羡慕也就不了了之了。

　　当然村子里经过二十年，就完全把以前的泥巴墙的房子换掉了，钱多一点的人家盖小洋楼，少一点的盖个四合院的瓦房。钱再少一点的，房子就盖少几间，矮一点，反正没有人在房子的事情上攀比，也不会有人觉得自己的房子不如别人的好就感觉低人一等的。这是横店村人的心理，一群人的心理会构建出一个文化和文明。不过文化和文明这两个词语很高大上，不能一次性就用在了横店里，得分期使用，这和熬日子是一样的，文化和文明都是慢慢熬出来的，如此金贵的东西一下子用完了显得不厚道。我不知道是不是横店小小起伏的丘陵的曲线形成的人们天然乐道的性格特征，还是在能够解决温饱的基础上就失去了对更好的生活的追求。当然我们不知道什么样的生活才是"更好的生活"，我们不知道它的标准，因为没有标准，所以就允许任何人给它制一个标准，这是一件让人愉快的事情：每个人都有自己的标准，谁也管不着谁。如同每个人心里的政府都有了行使权。这样虽然有一点孔乙己，但是孔乙己的生活是他认为的最好的生活。

横店就这样慢慢地接受春夏秋冬四季轮回，一些人死去，一些人出生，一些人从横店走出去，一些人也来到了横店。横店没有一个祠堂没有一个寺庙，如同一个被神灵丢弃的地方，但是神灵却又一直住在人们心里：他们知道什么是道德，他们从来不滋事，我在这里活了四十多年，没有发生一件恶性事件，当然小偷小摸是有的，男盗女娼是有的，我的村庄就是一个有瑕疵的地方，如同人性在哪里都会有瑕疵一样。我不想为这些瑕疵洗白，如同人不能为人性辩护一样。行为和道德的瑕疵常常提醒我们一些东西，让我们对生活保持一种警惕，对别人的警惕小于对自己的警惕，但是我们根本思考不到这些东西，日子在太阳的东升西落里构建。

　　到了四十岁，我父母六十多岁了，我们以为横店村会以这样的样子持续过我们的一辈子。我们都已经准备好了对命运没有理由完全地顺从，这其实是没有理由完全地信任，是我们用大半生的经验得出的信任：生有方，死有葬，已经是对一个生命莫大的礼遇。我们在贫瘠的日子里生出了诗情画意一样的恩情：对于这块土地对我们身体和灵魂的接纳。当我们在劳作的间隙抬起头看天，会发现一个村庄最接近的不是另外一个村庄，而是头顶上的一片天空。干净的天空是一种安慰一种鼓励，也是蛊惑。我对父亲说：如果死后能葬在这样的天空里，这会是怎样的幸福啊。父亲也抬起眼睛看天，眼睛眯成缝，天空里的光掉到他的眼睛里，亮出细微的声响。

　　不，他说：我不想葬在天空里，不踏实，我一定要葬在地底下，你记好了。父亲看了看我：不过你也只有把我葬在地底下的本事。说出这句话，父亲就放心地继续干他的活儿了。我不服气：反正我要把自己葬在天空里，至少是灵魂。父亲觉得关心灵魂的事情是闲得太狠了的无事生非，他不会为此停下手里的活儿，说：灵魂的事情我们都说了不算，那是它自己的事情，反正你也是管不着的。但是我觉得我应该把自己放进这样的天空里，无论是破坏还是赞美都必须在这样的天空里做出一点什么事情。想到这里，我突然对自己生出了一点满意，这样的满意其实是对横店村的满意，满意过了就生出一点淡淡的愁绪，在故乡的土地上生出的头绪也许是可以叫作乡愁的，只不过我的乡愁是纵向的，这和大地上横向的乡愁当然是不一样的：横向的乡愁接近于人情，是一个人对一群人的事情，纵向的乡愁接近于人心，是一个人对一个人的事情，当然也是一个人对天空的事情。我为这强加于自己身上的乡愁感到几分羞愧，和这几分羞愧相等的是几分甜蜜：一个人在一个地方生了根，但是她不知道这根生长的方向，现在她知道了，如同对自己的后背突然了解的激动。

于是不仅仅横店这个行政属性下面的地域是横店的，连同横店上面的天空也是横店的了。但是这个发现并不会带给人多大的喜悦，其实它是本来就存在的事情，不过我们抬起头重新看见了一次而已。可以肯定的是横店的地域是不会变化的，但是上面的天空是不是一直都是那片天空呢？这是一个新的让人头疼的问题，我不知道我为什么苛刻于天空是一片天空，我无法说明白我的想法，我们总是试图在大地上看到天空的秘密，但是这显然是一件不可能完成的事情。

我们热爱头顶的天空，一半是因为这片天空下的土地，因为土地上的气息倒映上去就是一片有了区域的天空。我们如此相信这一片土地，是因为它和我们息息相关，和我们的日子，生死相关。天空和大地的对应，虽然无法直接对应出生死关系，但是可以对应出生死文化。生死有了文化的底蕴才会有底气，才能够理直气壮。所以我们存在的地方不仅仅是一个平面，而是一个空间，甚至有可能还有我们的眼睛无法看到的三维空间，比如鬼神的存在。乡下的鬼神都是朴素的，所以更有可能和人和谐相处。常常想，生活状态的选择是带着先天基因的，比如我们一家：我们从骨子里对人间繁华没有多大的兴趣，如果有所希望，就是把现有的日子过得好一点，仅此而已。年轻的时候我们看不清楚，埋怨上天为什么不给我们好一点的生活，因为对生命的不够了解，所以所有的怀疑都有存在的理由，这样的怀疑会让人不停地思考，而思考的结果就是：生活的状态是由先天的基因选择的结果。

思考有了结果，行动开始具体和落实：安安心心地在这样的村庄里过日子，安安心心地接受照在这个地域上的阳光，这个地域上的风。于是那些看起来似乎没有差异的生命形态都被神眷顾着。乡下的人都是生活的行动者而不是生活的思考者，行动才是生活的本质。如果一个农民只是思考生活的事情而不去解决事情，这样的思考将很快失去它的价值。就是说一件事物的价值在不同的人身上有不同的体现，而乡下人的价值首先受到他的观念和生活需要的直接影响。如果我的乡亲们知道这个明媚的上午，我在新房子的客厅里写什么价值不价值的事情，他们一定会觉得我的脑子出了问题。生活的价值就是生活本身的点点滴滴，他们不过从来没有用文字把它们记录下来。

是的，我是在新房子的客厅里敲打这些文字。2017年的春节，我们有了新房子，横店村的三百多户都有了新房子。原来分散在几千亩的角角落落的人家现在全部集中在了一起。原来鸡犬不相闻，现在在家里大声一点说话，可能就有几家听见。横店村计划建设新农村的时候，乡亲们是欢喜的，他们可以用不多的钱买到一栋规格很高的房子，这可能是有的人家积攒一辈子无法等价买得起的房子。新农村选在我家周围建设，我们家所有的地被征用了。我和我父母一下子从有近二十亩地变成了没有土地。当然他们年纪已经大了，再种地是一件非常吃力的事情，所以这个时候地被征用了未必是一件坏事情，至少结束了繁重的体力劳动，至少让他们进入晚年的时候被迫轻松了一点。这样的巧合却并不能被运用得广泛一点，因为不是所有人家的地都被征用了，当然也不是所有的人在同一时期进入老年。如果我们家的土地不被征用，我的父母将一直干农活到七八十岁甚至直到死去，因为沉重的体力活而造成的生命的哀愁和悲伤，因而对命运造成的埋怨，我当然不敢把它理解为另一种形式对生命的礼赞。诗歌里的"小桥流水人家"不是真正的农民写的，是根本没有进入过农村生活的叶公好龙。父母终于不用干农活了，我暗自高兴，但是同时免不了担心：我们吃不到自己种的粮食，心里不踏实。我们不是对别人种出来的粮食不放心，而是这样的发展似乎一下子打碎了什么，我们知道打碎的东西是沉重的，因为进步意味着文明，但同时也是珍贵的，珍贵的是其中的习俗和由这样的习俗而产生的文化和文明。

崭新的新农村就这样在横店的土地上生出来了，生得似乎有一些突兀。如果出去打工的人经过了一年，过年回来就找不到自己的家门了。但是人们的心是欢喜的，这些装修好了的房子和城里的并无二致，甚至比有的城里的房子还要好：自来水，暖气都将一一供应上，非常好的绿化工程，非常完善的社区建设。从前在电视上才能看到的画面搬到了横店村，甚至修改得更好一点。从前住得很远的人如今出门就能碰上，人的地理距离就这样被缩短了。我不知道人们是否希望过人的心理距离也如此被缩短，如果能够如此，这无疑是新农村能够产生的最好的东西。春节的时候，看见人们不时地从我家门口经过，热热闹闹的，仿佛把丢失了好多年的新年的气氛重新抬了回来。春节，是中国最大最不能失去的一个传统，所有的习俗在这个节日里集中地体现：贴对联，祭祖，拜访亲戚等等，这里面有许多禁忌和规矩，这里的禁忌和规矩就是一个地方的乡土文化，这是最为珍贵的东西。

我无法避免地看到一些传统和习俗在横店慢慢地不动声

色地消失，但是无能为力。这无能为力让我对自己很生气：我也和别人一样放任自流，而且自己也在这样的放任自流之中。一些东西消失了就不会再有回来的可能性，如同一个死去的人不可能再返回阳间一样，这样的痛才是深入骨髓的锥心之痛，如同我母亲的死亡一样，这是一个地方和一个地方的文化最大的损伤，因为我们没有找到新的更有效的文化代替。其实我觉得文化不存在替代的问题，只有改进的问题。但是我们面对的是伤逝而不是改变。我常常想，能不能既改变了我们的生活环境又保留了原来的传统文化呢？想想又觉得是一件勉为其难的事情。如果把老屋里的神位搬到亮堂堂的新房子里还是感觉有一点别扭：光线充足的新房子里，神像被充分地暴露，似乎就失去了它的神秘。没有神秘，神也是不愿意的，想想人都想要一点神秘性，何况是神呢？所以传统和现代有不可避免的矛盾，当然这也不是问题的关键。问题的关键是人的心里还有没有敬畏：对天地和对人的敬畏！这是我的哀愁，是我现在最大的无法摆脱的哀愁。

就这样，我也有了乡愁。我的乡愁不是站在远方看故乡的思念，没有对着月亮怀念人或景的诗歌一样的浪漫和忧伤。我的乡愁就是直愣愣地站在这片土地上，直愣愣地看着它的变化的无力无奈和无辜。如同看着我的母亲断气，被推进火化室，等她从火化室出来就是一堆灰的过程。这是一个撕心裂肺肝肠寸断的过程，这是一种永恒的失去，一种彻底的失去。我的乡愁是无法化开的愁，不是从远方回来就能够缓解的愁，不是诗情画意的愁，而是一种血淋淋的愁。它不是什么东西从你的手里拿去了还可以还给你，而是一块骨头从你的身上剔出去了再无法长回你的身上。当然剔去骨头的地方会有新的骨头长出来，旧的文化丢失了会有新的东西替代，但是这替代的东西是硬生生的拼接，而不是延续和发展。我每天都要直愣愣地面对它。

有一段时间，母亲的去世和对家乡的疼惜，以及这种对失去的和到来的无力判断，搅得我心力交瘁：我担心我的忧虑是画蛇添足，甚至有悖于事物的发展。我看到的是乡亲们住进新房子的喜悦，我经历的是自己在新房子里生活的便捷；今年过年，我父亲因为心疼崭新的墙壁而没有在上面贴对联，吃年饭的时候也没有和从前那样点燃蜡烛和香去祭祖，一个年就这么草率地过去了，过得很轻松也很寡淡。当然我不知道说现在的年过得寡淡有没有根据，还是我们的心没有跟上变得太快的事物，如同我们坐在小轿车里拿小轿车的速度和自行车的速度比较。所有的寡淡并不是事物本身没有味道，而是我们急急忙忙地没有仔细咀嚼，许多味道就这样被浪费了。所谓的寡淡是在丰富的物质里选择的困难，和选择以后对放弃的事物的怀疑。

如同我们选择了好一点的生活条件，快一点的生活状态，但是我们对放弃的充满怀疑：它里面有多少美好的东西被我们一起丢弃了呢？因为怀疑和怀念，一些不够美好的东西也纷纷向美好靠近，怀念如同一种赦免，囫囵吞枣之下，看似美好的就被肯定成了美好的。确定不美好的在被原谅被修饰过后也悄悄挤进了怀念的边边角角。这是一种干扰，但是生活的贫瘠里，这样的干扰无法被清除，甚至成为修饰自身的工具和必要。所以我对我的愁绪又如此不敢肯定，我甚至做不到自欺欺人，这是随身的失败，是无时无刻不在的失败。血淋淋的乡愁把我带进了无法抗拒的失败感，这是乡愁拒绝了轻飘飘的似是而非，而让人没有了回旋之地。但是没有回旋还是要不停地旋转，如同我，总希望通过不停地旋转找到一丝缝隙安放对故乡说不清楚也道不明白的还存在的一些感情。

　　我不知道别人是不是只是满足于乡愁的本身，故乡的陷落在他们的个人情感里不过是增添了一些没有近身的伤感，因为他们可能再不会回到故乡，他们的愁经过了距离和转述而有了平和的距离和空间，这样的距离和空间足够他们找到别的事物填充，他们一定会说没有事物可以填充，他们一定会说乡愁是无法替代的，是的，无法替代，但是可以忘记，剩下的是情感需要的诗情画意，这样的乡愁在他们哭泣之后还能够让他们的眼睛明亮起来。但是我不能，我不行，我就在这个地方，时时刻刻看着一些东西在塌陷，在丢失，似乎觉得可以伸手拉住一些，但是什么也拉不住。这时候我的愁在别人的眼里也成了一种风景，这是讽刺。

我们的愁，源自我们的无能为力，而这却是我们被时代裹挟着往前走的身不由己和担忧。碰巧生在这个急剧前进的时代，变化得太快，而生命的基因还有一部分停留在农业社会的慢时期，我们不知道对谁喊一声：你慢一点，等等我。没有人等你，没有人等你的不安和怀疑都得到解决。写到这里，我觉得自己话太多了。窗外下起了雨，打在玻璃窗上声音很硬，不远处的喇叭在唱生日快乐歌。我觉得自己还是幸福的，隐隐约约带着忧愁的幸福。

无端地热爱

——写在春天初至的我的村庄

那个早晨，看见家门口的野蔷薇枝条上钻出了一个个芽，惊叫一声。父亲说：它们老早就钻出来了！老早就钻出来了？我居然没有发现，父亲与这些植物的关系比我与它们的要深许多，所以它们让他第一个看见它们在新的春天里最初的生发，这是它们的情谊，是在体贴和赞扬父亲和它们更加接近的心肠。

那些嫩芽刚刚探出头，似乎来不及搞清楚它们与这个世界、与这个春天的关系。所以不停地犯嘀咕：呀，我是怎样冒出来的？我是被谁推了一把吗？它们在枝条上跺脚，摇晃着身体，但是枝条没有动静。而这个时候如果有风，它们的心又该慌张了吧？

114

一个嫩芽长出来，也有几种色彩呢：芽的根处，就是枝条上的那个地方是微红的，好像长出来也带着血，想必也是疼的。是的，没有一种事物能够轻轻松松地获得美丽，它一定要担当必要的疼痛，这疼痛是上帝给的，是圣洁的，神圣的。也许，没有经过疼痛的事物也配不上美丽，所以每一个春天都值得赞颂和尊重。

　　往上一点，有微微的绿意，这是春天烙进它身上的生命的基因：告诉它以后会长成一片葱郁的叶子。这是让它放心呢：你不会长成别的模样。当然如果你胆敢长成别的样子，我也会纠正你。所以，一片叶子从一开始就不会出错，它只要尽情生长，就一定会迎来生命的蓬勃。春天如此宽厚，万物才重新生长。

　　再往上一点，就是鹅黄了：刚刚长出来的娇柔的模样，仿佛弱不禁风。当然，它也不需要经过几场风，就会又往上长一点了。如同一个走夜路的人，总是担心一脚踏进泥泞，但是还没有踩到泥泞，这一段路就已经走过去了。仿佛人生的路上一些事情是早注定的，如同这个春天必然的到来，我们需要做的不过是尽情绽放。

　　一棵野蔷薇就这样把春天顶了出来。也许它并没有考虑时间考虑季节，只是身体里的事物在积雪融化以后面对漫长的寂寥，而这寂寥似乎比去年雪化后的寂寥更长一些，它有些担心，有些焦急，心神一晃，就钻了出来。

春天就这样来了，一点一滴漫不经心的样子，油菜花也零零星星地开了，不用担心，它们会越开越多，没有一朵花会错过春天：它们和春天是互相映照互相需要的。而春天也是一个凶猛的季节，它不把每一朵花开到荼蘼是不会罢休的。春天里的每一朵花也是一副恶狠狠的样子，它们不开到绚烂就怕对不起自己。虽然每一个春天都已经被用得庸俗不堪，但是比谁更庸俗也显得大气凛然。

当然这棵野蔷薇并不知道我对它的憎恨：我在淘宝网上看见它开得那么妖娆，还可以接连不断地开，结果栽下去，它却是一棵野蔷薇——花开得乱七八糟，没有一朵成型的，不以为然挂在枝头上的全部是小小的白花，我被淘宝给骗了。但是它没骗我，因为它不敢骗春天。所以春天一来，它似乎就叫了起来：我在，我也会开花！父亲嫌它花开得不好看，几次说要砍了，但还是没有。

一棵从远方来的植物栽到了我家门口，首先迎接它的应该是我的村庄的泥土，泥土一定用最朴素的欢迎词让它颠簸过的心安静下来。泥土一定对它说：你放心长吧，这里就是你的家。我忽然想到，如果我死了，被埋进泥土的时候，泥土也会对我说这样的话吧。嗯，在春天里想一想死亡的事情也是温暖的。

今年，我又买了几棵花苗栽下了，我一样不知道它们是真是假。但是我最关心的不是它们的真假，而是它们能不能活起来。我觉得这对我对它们都同等重要。如果它们活了，对我就是奖赏，就不存在欺骗，而且这个春天还将多一份期待。

其实许多年我已经不关心春天了，四十个春天从我的生命里经过，它已经无法带给我欣喜甚至安慰。我知道至今对它的每一个细节也未必那么清楚，但是在弄清楚这些细节之前，我却有了不深不浅的倦怠。如同爱情，我对它没有那么充分地体味和享受，如今也有了倦怠。但是大地没有倦怠，春天也没有。所以每个春天都有新生的孩子，他们替代着我们在这大地上欢天喜地地热爱。

一棵树上的花朵，我以为一半来自泥土，一半来自天空。但是我不知道它来自天空和大地的具体哪一个地方。如此一想，生命的辽阔总是让人心神荡漾，于是有了活下去的梦想和热情，于是奋力爱这春天，如同明明知道爱情没有好结果一样还会认真去爱一个人，生命就是这么可爱。

我相信一个枝头上的花朵都是去年的、往年的，生命有轮回，轮回是痴情也是耐心。这是大地上普遍的事情，也包括我的村庄。我不知道我为什么对一棵野蔷薇上的叶芽如此欣喜？我不知道这已经用得庸俗的热情为什么一到春天就重新生发？但是这些让我喜悦。

写到这里，我觉得我再不需要多发一言。就感觉春天的事物拥挤着向我涌来，但是无法说出任何一个却又是被人了解深刻的，因为那么多的人也像花一样往春天里赶，他们了解的春天的事物比我的村庄要多多得多。但是我只是待在我村庄的春天里，哪里也不想去。

　　我狭隘地把春天也分出地域，而且一些地域的春天是不宜侵犯的，哪怕它庸俗，毫无新意，但是却被一些人掏心掏肺地爱着。所以春天来的时候，我宁愿是一个说不出话的傻子，一棵被人嫌弃而又舍不得丢弃的野花。

过 年

1

　　一只古老而凶狠的怪兽从故事书里走出来，在春天到来之前想撂倒几个人，安静了许久的尘世突然热闹起来，贴红对联，放鞭炮，咋咋呼呼把这不讨人喜欢的怪物赶回海里去。第二天清晨，发现人世安好，亲人平安，是要放鞭炮祝贺的；还要所有的亲朋好友都串串门，看大家平安喜乐，就放心下来。

　　想来"年"是一个小怪物，小的时候看它，它怪模怪样的。小孩的玲珑心不知道世界上有恶的东西，他们扯扯它的耳朵，揪揪它的鼻子，年不耐烦地哼一鼻子，他们还以为是可爱，哈哈笑着。父母给新衣服，给好吃的，对他们说：远离年，它会咬你。但是他们新衣服穿了，好东西吃了，还是和年闹成一片。

孩子一年年长大，年却没有长，还是一副小巧的模样。大孩子就不愿意和年一起玩了，玩了许多年就有些腻了。年在他们的身边摩擦一会儿，也觉得没有意思，就去找别的孩子玩了，反正它永远不缺小伙伴。

2

"年"是要过的。过是一寸一寸走过去。如同小时候偶然得到一个棒棒糖，一小口一小口地舔着它，得舔很久才能把它舔完。所以年喜欢和小孩子缠在一起，他们知道它的乐趣，对它倍加珍惜。

大了，棒棒糖就吃完了，人生不允许一个人永远长不大。一根棒棒糖也不会把一个人长久地摁在童年里。童年结束，甜味消逝，年再可爱也失去了曾经的吸引力。年如同一根棒棒糖，一个童年就舔完了，如今，我们再说到年，如同握着一根没有了糖的棒棒。

但是，年还是要过，还是要一寸一寸地挨过去。挨得心慌意乱：有的人挨着挨着就没有了，你看，年还是吃人的，不是一下子把人吃进去，而是一点一点不动声色地把人吃了。所以小小巧巧年的样子是迷惑人的，它对你温柔地笑的时候，你身体里的肉已有一部分在它嘴里了。

3

　我们感谢走在我们前面的人替我们挡住了年的撕咬，感谢我们的祖辈替我们挡住了死亡，尽管不久的将来，就轮到我们把头伸进它的大嘴。我们逃不开这样的结局，大地辽阔，我们将从大地的每一条经脉渗透到某一条水流直至大海和永恒的年汇合。

　吃过年饭，在父亲的带领下，我们去给祖辈上坟：新农村建设，几位老祖宗搬迁到了一起，也有两个的合成了一个，不管他们会不会吵架，当然如果更恩爱则会更好。还有别家的几个坟并排在一起，他们肯定互相欢喜，寒暄：好久不见，过年好啊！阳光下，一排新坟热热闹闹，看起来欣欣向荣。

　我们烧纸钱，一个挨一个磕头。父亲跪在一个坟前：爸爸，我来给你拜年了，新年快乐啊。磕头结束，鞭炮响起。

　只有奶奶的坟在另外的地方，我们去的时候，它周围的小麦在乐呵呵地拔节向上，好像年没有咬着它们，阳光下它们欣欣鼓舞地叫着。

　给奶奶磕头，我问她：婆婆，你还认得我不？你还想和我吵架不？

4

初一。在我看来，只有这一天还长着年的样子。为了不惹这个小怪兽哭鼻子，我们还装模作样逗它开心：洗脸水不倒在地上啦，免得自己家做事的时候下雨；剪子不要用啦，不然老鼠会在衣服上咬洞；不要出言不逊啦，祸从口出，一年不顺啦；当然早上得起来给长辈拜年啦，有压岁钱是次要的，重要的是要有礼貌啦……

我们在这一天保持了敬畏神的样子。我甚至在这些仪式里感觉到了神的到来，它让人心无端一动，失落或者向往让心一下子丰盈了起来，仿佛岁月流逝，人有所依。所有神的信徒都有他的仪式，所以仪式是一件不可或缺的东西，它对人有从里到外的要求。我不知道我是谁的信徒，除了天地。

初二。父亲说水也是不能倒在地上的，但是我却洗了衣服洗了头：那些不干净的东西磕着我的心。所以我对年的仪式就这么草率地结束了。仿佛年对我只打了一个照面就跟着别人跑了，丢下了漫长的没有起伏的日子不管我怎么消磨。

只有此刻，堂屋里父母弟弟弟妹打麻将的声音拉住了想跑远的年。

5

幸运如我，能够生在这四季分明的江汉平原。那些四季如春或者终年白雪皑皑的地方如何感受年的到来？年一过，就是春天了，所以年也是春节。那些遍地野草已经在开始准备了，当它们听到鞭炮声的时候。而我的身体大概是第一个感受到春天的到来的，这要命的生物钟啊。

首先，夜晚感觉不到那么冷了，被子有时候不那么严也不一定会感冒了。而我的身体生出了对肉体的向往。一个冬天，它都沉睡着，我误以为我已经到了忘记欲望的年纪，而春天的号角不过试吹了一下，她就如此积极地回应了，真是一件不可思议的事情。春天也是一个与欲望做斗争的季节啊。

想想，如果一年只有一个季节的平铺直叙，那是一件多么无聊的事情。没有冬天，它们能够叫作迎春吗？我去过昆明，去年的春节去的，那里的花正红艳艳地开着，当然不是新的花朵，而是前一年没有开败的花朵，我喜欢那里的温暖，喜欢这样的时候还可以穿丝袜，但是又感觉仿佛欠缺了什么。

所以，年有时候也是好的，它让我们在无垠的时间里有了期许，虽然不过也是重复，但是比较单一的季节已经足够让人欢喜了。

6

　　此刻，2016 年正月初二，亲人们白天走了亲戚，晚上回家。父母他们在堂屋里打麻将，一串串笑声传了出来，继而是和麻将的声音。一年里，他们也就是这几天清闲一点。我和儿子在卧室，他玩游戏，我写字。

　　年，这个小怪兽走了，而我们幸福地留在这样的时辰里。

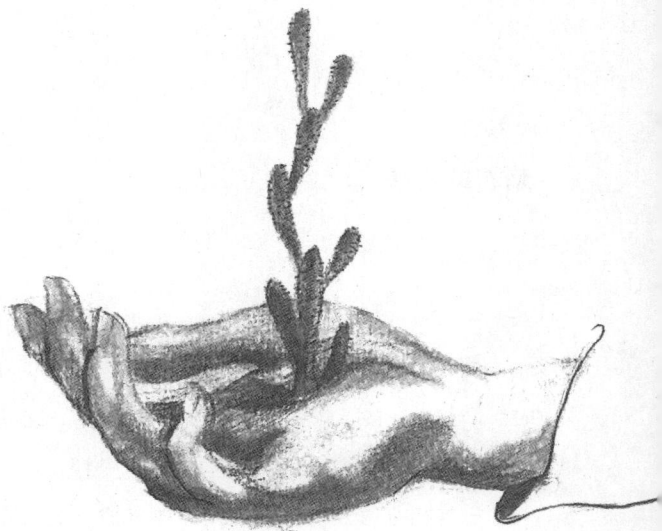

人身上的物质都是时间的物质，身上的情绪也是时间的情绪，可以与它为敌，无法与它较劲。

憋着的春色

前天是"雨水"，很应景地下着淅淅沥沥的小雨，中午的时候，父亲在楼下叫我，让我下去看他在门口新栽的树，都是从老家的围园中移过来的：一棵橘树，一棵桂花，一棵花椒。

三棵树都很年轻，如若少年刚长成。老家在不同的时候栽了一些橘子树，品种不一样：有的结果早，有的迟；有的很酸，有的却很甜。父亲挖来的是一棵能结甜橘子的树。花椒看起来更年轻，一副不谙世事的样子，枝丫都有着犹豫，不知道往哪个方向长。而且现在它还没有苏醒，瘦弱的枝丫上挑着没有褪尽的寒意。桂花树是父亲从鱼池那里搬来的，平时我和它见面不多，现在成邻居了。

父亲喜欢栽树，这么多年来，每一个春天他都要栽几棵，很用心地给刚栽的树灌生根剂。如果我栽花，他也会给我栽的花灌生根剂，所以我种的花没有不活的，但是有不开花的，因为我总是买到假花苗子。所以在这一片新农村的楼群之间，我暂时没有被拆除的老房子，无论从哪个方向看，都是葱葱郁郁的，看起来总是让人喜欢。树多了，自然会凝聚薄薄的雾气，所谓的气象也不过如此。

今天上午回老屋的时候，屋后的林子里聚集了不知多少的鸟儿，叽叽喳喳热闹得很。特别是有一种鸟，悠长的啼鸣有好几个音节，曲曲折折好听得很，还有另外的一只鸟与它一唱一和，真是动人心弦。我站在林子边听了好久，很想看一看那是什么鸟，但是我知道我看不到。这时候一只蓝色羽毛的鸟儿飞过我的头顶，在一家新房子的屋檐上落了下来，微微晴朗的天气映衬着它蓝色的羽毛，这就是日子的眸子。

父亲觉得一个房子周围如果没有树，这个房子就不好看，光秃秃的，给人一种不踏实的感觉。如果一棵好端端的树死了，他就会很担心，怕什么影响了家运。所以树都是有灵气的，树的灵气蔓延到房子里来，房子也具有了灵气。有灵气的房子人就住着舒服，不会生病。

但是这密密匝匝的新农村房子簇拥在一起，没有多少空隙可以种树。当然家家户户门口都有统一栽下的大树，前面还有几排等着长大的风景树，如果它们都长大了，也会是葱葱郁郁的一片，但是它们毕竟不是自己栽的，而且整齐划一。只有自己栽的树才是树，只有自己喂的猫才是猫。只有自己眼睛看到的世界才是世界。

父亲喊我下楼的时候，我正在犹豫着不能告诉他的一件事情：我刚刚认识了我喜欢的一个男孩子，一个刚刚成了男人的男孩子。我太长时间不对一个人动情了，我以为我身体里的荷尔蒙已经慢慢沉寂下去了，但是它再一次骗了我。它如同一个惯犯一样潜伏在我的身体里，遇到合适的时机就像火山一样澎湃而出。但是我不能让它如此澎湃，它应该如春风细雨一样。

尽管这样的荷尔蒙让我感觉痛苦，但是我还是感觉到满意。这样的痛苦是对自己的一种证明：证明自己的生命力。刚好在手机上看到一篇关于残疾人的性爱问题的，文章表明，无论什么样的身体，什么样的年纪对性都是渴望的。所以我对爱对性的渴望并没有特别之处，和许许多多的人是一样的。这样一说，让我感觉有一点沮丧：我如此引以为傲的旺盛的性欲其实和许多人是一样的。

我想和那个男孩子做爱。这个想法一次次冲击着我的身体，让我寝食难安。我在这种热烈的憧憬里浑身发热，这个可怜的女人。但是我不知道怎么开口对他说：亲爱的，和我做爱吧。男孩子许多次的暗示里，我明白他是愿意的。但是我觉得必须清清楚楚地说出来才具备下一步的可能性。他的暗示让我伤透了脑筋，我不想让他就这么得逞。

这样的事情我不会对我父亲讲。这个开明的父亲也许会教给我一些追男人的方法，但是我不想告诉他。爱是一件伟大的事情，做爱也是仅次于爱情的伟大。伟大的事情总是让人有一些担心和害怕，我的怯懦在这个时候总是最突出的。时间在我的怯懦里一天天过去了，我身体里还没有熄灭的火已经一败涂地。

我感受到春天对我的影响是从我的身体开始的。如此敏感的身体应该是属于大自然的。如果这是自然的事情，忍耐也是必须的。但是我一向觉得需要忍耐的事情是不符合大自然的事情，当然我不是要找到解决我身体欲望的渠道和方法，我总是在客观地观察这些事情对我的影响。说到底，欲望是自己的事情，不会蹿到身体以外。

清晨，听到麻雀的叫声，打开窗户，看见几只落在橘子树上。这些灰色的灵动的身体在刚刚洒下来的阳光里赞美这棵橘子树。我也相信，首先是这棵橘子树发出了对它们的邀请，这是大自然之间的秘密，也是刚刚发生的幽微的爱情。麻雀是村庄里最常见的鸟儿，它是朴素的，和每一个村民一样。它也是把春天捂在自己的身体里过冬的鸟。它们清澈的眸子看得最多的就是天空。春天的天空也最多地倒映在麻雀的眼睛里。

过了两天，花椒树萌出了半颗米粒大小的叶芽儿，不凑近看是看不见的。我种的月季花的苗子也萌出了这么大的叶芽儿，粉红色的如同小孩子的舌头。难怪人说春天像一个孩子一样。这么美好的嫩生生的春天居然容许我狂热的情欲如此蔓延，所以春天是一个包容的季节。我感觉我现在在说废话，我坐在这个孤独的房间里，等待春天让我老去。如果某个时刻，麻雀儿都落在别处，世界都静了下来，我就感觉我暂时被春天丢在了这里。

人的孤独分很多层次：没有认识男孩子之前，我是孤独的，我在这个世界上不被人需要，我也没有对别人的需要，这样的哀痛和孤独加快了衰老。所以我那么急切地去爱一些人，一些幻影。一个女人要把自己欺骗住，是很不容易的事情，有时候我过分愚蠢，这让我对自己一直不满意。现在我认识了他，我产生了更深的孤独，这是可以预料的事情。有一次我去看他，阳光明媚的样子让人几乎怀疑这是一次美好的邂逅，但是我同时也感觉到我正在悬崖的边上。

我对悬崖的害怕不是一下子可以粉身碎骨，而是它仅仅让你骨折，很多的骨头一起折断，恢复需要太长的时间，而你却不会因此丢了性命。没有人把春天看成悬崖，相反，许多人感觉春天是从悬崖里爬上来的第一感觉，而把春天看成悬崖的人都是不幸的人，包括我。记得许多的春天我都过得分外艰难，我与生命原本温柔的对话此刻陷进了一个争吵的阶段，但是最后赢的肯定是春天，过不了多久，它一树一树沸腾的花朵将会刻薄地嘲讽我。

　　所以人生里没有几个可以胡作非为的时间段，很多的东西很不容易来到生命里，来了以后，还不能顺畅地抒发出去。如果我父亲知道我站在门口对着新栽的几棵树胡思乱想不知道他会怎么想。天地都在为迎接春天积极地准备着，我却这样耽搁在自己的哀愁里。朋友圈里，那些诗人朋友们都为春天写了几轮诗歌了，我还是找不到春天的感觉。我是被动的，当春天实在溢出来以后，我才相信，有一杯羹是我的。

　　新房子就剩我和父亲两个人了。从前的热闹永远不会回来了。说不清楚那时候是现在的梦境，还是现在是未来的梦境。过去没有办法结束，而未来面对随时结束的可能。人间没有不朽的事情，没有不朽的爱，多么悲哀又多么公平。我们对已经失去的没有太多留恋，在我们自己失去之前，对自己有恒长的乐观：自己还可以存在很长时间，没有经历的将一一经历。我们靠着这一点乐观活过了一年又一年，迎来了一个又一个春天。

　　春天能够产生的溢美之词已经被滥用了太久。人有多寂寞，对这些词汇就有多迷恋。"万紫千红总是春。"我们都是靠这些俗气的词汇武装自己的人，我们在每一段感情里看不到新意。那个男孩子终将从我的生命里退出，我也会退出他的生命。爱上一个人的时候，我总是这样绝望。而他，不知道我这样在

爱他，他也不需要知道。春天的第一场冷雨已经在昨夜凌厉地
落下来。

新房子也会很快地旧去，日子虚拟的新鲜褪得比潮汐更
快。所以春天出现了，如同一个海市蜃楼。幸运的是春天都是
匆匆忙忙去看花的人，我的哀伤完好地在这个村庄里如同去年
冬天冻死的一棵枯树。

离婚一周年

我准确地记得这个日子，如一个红扑扑的红富士苹果在日子的枝丫上长了出来。基于这个日子，我也会想起结婚的日子，就在明天，也是巧了。真正的好日子和虚幻的好日子连在一起，生活的嘲讽里也带足了美意。结婚的日子是蓄意选定的，离婚的日子如同随意翻开的一张扑克牌，但是给人安慰。

今天是个晴好的日子，阴郁了好几天的太阳神气活现地出来了，我把洗了好几天的衣服挂到中庭里：四件衣服，三件是别人不愿意穿了送给我的，一件是几年前在淘宝上买的，穿的时候它总往下掉。我现在的衣服足够把它们都淘汰了，但是一直没有。喜欢把一件东西用到不能用。而婚姻是好多年前就不能用了却偏偏用到如今的一个马桶。

皱巴巴的几件衣服如同四个认识了多年的人同时挂在一

条藤萝上，风从后门吹进来，它们互相嫌弃地触碰一下再弹开，好像惹到了对方的晦气。但是如果我把它们穿在身上，它们就是薄薄的一层了，晦气就进入了我的身体里，当然进入到身体里的晦气也就淡了，肌肤对它的包容和劝慰让它们温柔而沉静。

嗯，有风。三级左右的，在后门外面的香樟树上摩擦出响亮的声音。麻雀落得到处都是：屋脊上，烟囱上，屋檐上，院子里也有。我无法分辨出今天院子里的麻雀是不是昨天的那一只。它们的小眼睛里有温柔而明亮的光，但是不让我盯着看。这时候如果几只小猫滚到院子里，它们就呼啦啦一下子飞上屋檐。

几只小猫有几个月大了，它们大了以后，它们的妈妈就不见了：也许大猫为了躲避它们吃奶的纠缠而躲起来了。它曾经那么爱它们，一点一点舔它们的毛，但是它身体里的奶水供不起已经长大的小猫，无奈的妈妈躲起来了。

乡亲们正在装修刚刚建好的房子。新农村把一个村庄的人全部积聚在这一个地方了，原来好多天看不到的人现在可以天天看到了。时时传来叮叮当当的声音，偶尔传来爆竹的声音，一些人已经搬了进来，一些人还在装修。我这个寂静了四十年的院子从此再不会有那样的寂静了：一个旧乡村的消失是从欢天喜地开始的。

我的前夫也有一套房子在这里，和我家相隔不远。他的房子还没有装修，而且他也没有回家。我们结婚二十年，我不知道他是否把我的家当成过他的家，现在我用我的稿费给他买的房子，只是他一个人的了，他应该把它当成家了吧。当初如果不是父母的一再劝说，我是不会在村里给他买房子的。这个和我相隔几千公里的四川人应该回到几千公里之外去。

这一辈子，我从来没有什么梦想，也对生活没有指望。如果一定要说出一个，那就是离婚。这几年的幸运和荣光，最好的事情就是离婚。本来离婚是一件寻常的家务事，但是命运的运转里，它被放大了放到人们面前。人们说我有名气了就离婚，忘恩负义。

这没有什么可争辩的，人们要观看我的生活。我总是怜悯地看着对我议论纷纷的人，他们有没有足够认真地对待生活？当然我也许也不够认真，但是我从此进入了我喜欢的一个生活方式，是的，我喜欢这宁静的没有争吵没有猜忌的日子：一个人的日子。

正午的太阳照到了我的房间里，照到了我的床下边：小白在那里睡觉。小白是一只兔子，春节的时候朋友送给我的，那时候它还是一个小不点，怯生生的。现在它俨然是这个家的主人了：想什么时候出去玩就什么时候出去玩，想什么时候回来睡觉就什么时候回来睡觉。

这就是我简朴的日常生活：没有梦想，没有计划。有时候我会想美国的一个女诗人迪金森，她曾经的日子和我是不是差不多？她就是在这样的细碎里和在这样细碎的欢喜里过完一生的？但是她比我幸运的是她没有二十年的婚姻，没有因为婚姻而增加对别人和自己的憎恨。但是这一天，这一刻，我也没有一点憎恨，我的心是温热的，平静的，是被上帝原谅过的。

　　人间有很多不幸，婚姻是其中之一。但是没有谁也没有办法来终结这不幸。不少婚姻只有单纯的目的：繁衍。但是如果仅仅是繁衍，问题就好解决了。从人擦燃第一把火开始，人的精神就如同火苗一样上升，人在肢体接触过程里产生了愉悦，这愉悦就是爱情。而繁衍的要求很低，它对爱情几乎没有要求。但是爱情又是一件无法避免的事情。两件无法避免的事情碰撞在一起，悲剧一定产生。

　　漫长的二十年的婚姻让我有足够的时间审视它。根深蒂固的门当户对是从哪里说起：经济的？精神的？在相处的过程里两个人成长的步伐？最基本的：身体的，外貌的？现在我感到婚姻的确需要门当户对，经济是其次，这个可以互补。（爱情不能什么也不干而只是一个摆设。）但是精神的就没有办法互补：两个人都在农田里干活，一个说野花很漂亮，另一个说他自作多情，这就不好办。

　　我们总是试图调和观念的不一致，这个好像也有办法，因

136

为过日子也不大需要什么观念。那么身体呢？身体很重要，一个残疾的妻子会让她的丈夫觉得很没面子：当初的新鲜感消失得很快，生活直愣愣地戳到人的面前，不给人喘息的时间。残疾是无法避免的问题，它带来的问题也是无法避免的。婚姻是两个人最近距离的相处，没有距离就没有理想。而婚姻是需要理想的。

而理想对谁又不是一种牵绊？我有时候对自己和别人的解剖让我不喜欢。但是我不知道生活除了用来产生疑问以外还能干什么。一件事情对不同的人产生不同的影响：对某些男人，也许就是甩掉一件旧衣裳。对一个女人，她就是甩掉了一个桎梏，她呼吸的空气和从前也是不一样的。

至少我是这样。我不知道对这些说一些大而无当的感谢是不是就显得真诚。这个时候阳光只剩下了床上的一小块。

日记，2015 年 10 月 31 日，阴雨

　　身体里的欲望迸发出来，如同一个并不友好的陌生人莫名其妙地蹦到你面前和你打招呼，问你今天过得怎么样，吃的什么饭一样。你嫌弃他，但是根本没有办法把他从你的眼前赶走。如果一个女人发生这样的欲望是远方有一个男人想要她该有多好，一想到这里，我就警觉到我顺顺当当地从身体的欲望上升到了精神层面，感谢上帝，我天生就是一个与精神为伍的人，这就让我不至于那么快地落入俗套。

　　为了暂时摆脱无所事事形成更大的无所事事带来的损伤，午饭以后，去村里晃悠。我家四周的生态环境早已改变，而且已经搭起了工棚。这样的速度并不让人愉快，而是充满了担心。人类提速啊，不知道发展到鼎盛时期会是什么样子，我只是希望在我所处的时代，它更迟一点到来。想想啊，"返璞归

真"，是不是到最后重新长出尾巴，而且是人从来不和它玩耍的尾巴。风大而凉，阳光是整块的，把深秋里的事物照得井然有序：一棵草不会倔强到比另一棵草慢几个日子枯黄；一片叶子也不会再从容不迫地待在枝头上；一条蛇会及时回到去年的洞穴。而一个人，也许不能及时地摆脱风吹和情欲的折磨。

从我家一出门，就是被推得整齐的阶梯，小草小树已经葬在地下，我家周围辽阔起来，凄凉地辽阔。当身边陪伴几十年的草木一下子消逝不见，这恐慌就等于一个亲人离开带来的恐慌。我又一次想到我奶奶，以为她寿终正寝是一条正途，这悲伤不过是惯常的、低矮易散的情谊，但是事实并不如此：会常常想起，会无缘无故地面对一个空洞，会想在这个空洞里抓一把远远消逝的气息。亲人的消逝可以哭得呼天抢地，而草木的消逝，我一哭，都怕是对自然的不敬。

阳光狠狠地照着，在没有草木的地域里几乎泄露了它的声响。我也被恶狠狠地照着，灿烂的表皮上仿佛少去了许多人世的伤痕。一个人能不能没有实惠地活着，以至她在任何时候走到谁的面前都是一副年轻不谙世事的模样？一个人不谙世事会给自己和别人带来麻烦吗？一个人在生活里极尽聪明会带来什么好处？但是我总是相信人的本性无法改变，无论他在生活里端多久。从什么事情开始，人需要掩藏自己本来的心性呢？

走到对面，看到我家独立存在于一片荒凉之间，周围的树木还在，看起来还是葱郁，聚了一些风一些雾，一些鸟雀和昆虫。真是一个小小的孤岛。我妈妈说：干吗要把我们家房子留着呢，一起拆了，起成整齐的房子多好看。的确，我也觉得没有留着的必要，它怎么可能成为一处风景？怎么可能因为一时的虚名带出持久的利益？海子的父母还在，所以他的老房子还在，它变成"海子故居"，还有了"海子诗歌节"，年年清明有人去扫墓。但是这些事情总是让人如鲠在喉：做了不好，不做也不好。也许海子的父母会轻轻叹息：唉，你死得也比别人值得！但是随着死亡的疼痛慢慢消逝，他们面对的是什么呢？这个问题我根本没有办法想明白。想想如果我哪一天也死了，我在大地上留下的东西过不了多久必然会跟着一起消逝，这是我们每个人共同面对的结局和困惑，唯有这是公平的。

我喜欢我家周围葱郁的树木。它们即使站在悬崖上也会是一副不慌不忙的样子，我在想，一棵树需要多少轮回的千锤百炼才能够如此从容？人是比不上一棵树的，人在大自然面前都是羞愧的。每个人的生命都有它的气场，或大或小。每一个人都可能被逼上绝路，生命的周围不停流失，只留下一个小小的孤岛，而且不给任何求救的机会。我是无法例外的其中之一。那时候我也想不顾一切把自身的房子拆了，而且这一拆，根本没有重建的可能。我不知道如何度过了一个个想要毁灭自身的时候，到现在，这悲戚依旧驻扎在我心里。

从村子中间往北走，遇见一个个来打麻将的人，他们大多是善良的面孔，从一出生就把命运看破了的样子。也许他们根本不用想生命是什么，他们活着就是清晰的注解。有的打个招呼，有的就一晃而过了，没有谁会觉得这样不合适，我妈觉得和谁见面一定得打招呼才是礼貌，我认为没有必要的热情同样是一种不礼貌。在大地之上，除了花草树木，飞禽走兽，还有人。孤独的人以把自己玩得更复杂来排解孤独，所以更复杂的人际关系就会形成，结果这样的排解效果不大。我以为人的孤独是天生的，但是我们需要自欺欺人，不然更多的时间没有办法打发。

　　又遇见了一个人。他拎着个酒壶，斜着眼光。我往路边靠了靠，根本不想和他有一点交集，有些人，一见就不喜欢，不喜欢就不喜欢，这也是自然的事情吧。他早年结婚，妻子被打跑，孩子溺水而亡，算人生不幸。但是他从不要别人给他帮忙，也不接受村里的照顾，这是人们想不通的事情，不过也好想啊：人到了这个地步，还有什么希望能够安慰自己呢。他肯定是疼的，但是他的疼不可能超过一个没有文化的农民对事情的理解，反而这也是幸运的了。

　　没有风的日子，忧伤有着阳光一样的灿烂醒目。我是多么容易就陷入忧伤的人啊，即使在这么明亮的日子里。一个人的幸福和忧伤与周围的事物没有太多联系，如果仅仅是与它们联系的话，人就会快乐、简单多了吧。也许人总是要找到让自己悲伤的事物，才能把自己按在灰突突的人世里。

心似驻佛

1

从北京到武汉，再从武汉回荆门，辗转到横店的时候，已是午夜两点多。

在荆门火车站打的的时候，问多少钱，一些师傅喊：五十！五十就五十吧，在这大半夜找人送回家，彼此皆不易，我很容易对陌生人涌起信任。这样的信任也许没有根源，但是它让我舒坦，如果心存疑虑，必然多忧。

佛说：自性天真！

半夜时分，路上寂静，师傅把车开得很快，把月色碾得吱呀作响。和他交谈的时候，我用方言，他也用方言，我用普通话，他也改成普通话，我忍不住笑了。他说：我知道横店。

哦，他知道。他的方言已经让我一下子抓住了身体里经络繁复的根，而他说他知道横店，我一直紧张的身心一下子就放松了：这个男人是在这个夜晚为我开门的第一个人。我说：师傅，你慢点开。

于是车速慢了下来，车轮与地面摩擦的声音小了一些，甚至感觉那声音是光滑的，车子就也是光滑的了，我们如同寄居在一条鱼身体里的小小精灵，身体里泛出幽暗而干净的光芒。

把车窗摇下来，就有一小片月光大大方方地走进来，缠绕在我的胳膊上。路边的树影在轻轻摇晃，我知道那是一棵香樟树，我知道它的年纪，我也记得前几天看见它的时候，一个小孩子正把一根红毛线往它身上缠。

终究是，故乡的风不同于别的地方的风，一些事物的伟大在于它的无形，而让这无形动起来的是一个地域的个性。个性首先会渗透在风里。此刻的风里，有的是一些庄稼拔节的声响；有的是一些野草缠绵的呢喃；有的是一些庄稼、野草间小虫的梦呓。它们的梦呓里有我的母语，有我出去的时候留下的归期。

师傅问我去了哪里，去做什么。我说出去玩了。他说真好。

啊，真好。

夜色如酒，今夜和我对酌的是一段方言，还有方言里的一个人，我没有问他的名字，他也没有问我的名字，如果说出来，也不过是摇曳在田埂上的一缕草色。

我喜欢草这个字，喜欢草色这个词，更喜欢的是草民这样一个词，它和我血肉相连，和我一起抓住泥土的根，所谓尘世，还有什么比泥土更值得信任的呢。

左拐，左拐，再左拐，就到家了。

师傅说：再见。说了两次，开始是普通话，然后是方言。

2

门口有好几只小狗，我家的，邻居家的，还有不知道从什么地方跑过来的，都是小狗，小小的身子在月光里看起来是很结实的，总感觉他们是一种庞大之物的浓缩，这样的庞大包括身体、声音、眼神。现在看不见它们的眼神，但是我能够感觉得到。

我家小花是个慢性子，从来不会对一个人表现出多大的热忱。这也与它的性格有关，它胆子小，我以为她平时看见人的嚷叫有一些装腔作势。

它们都望着我，几条尾巴在摇动着，如同被风吹着的狗尾巴草。几条陌生的狗肯定是不认识我的，但是它们和小花一起摇动尾巴，因为和小花是朋友，它们就断定我不是一个坏人。

能够分清好人和坏人的狗一定是好狗，我想。

我喊小花，她跑到我脚边，把两个爪子往前伸，结结实实地伸了一个懒腰，打了一个呵欠。

门口今年没有种庄稼，野草疯狂地生长，我倒是非常喜欢这些自由生长的东西，喜欢它们的任性、霸气和百折不挠。当然，百折不挠是人强加于它们的词语，它们不过是想给生命找一块落脚之处。

它们互相摩擦，但是感觉不到私语的小模样，一棵野草有时候也会比一个人大气得多。嗯，大自然的事物存在着先天的大气，而我们人，往往消耗了这大气。所以，感谢大地，还有这些野草的存在，感谢野草，还在这个大地上坚韧地生长。

月光落满了破败的木门，从门楣到门脚，都是一片绚烂的白。我感觉自己被什么轻轻捶打了一下，心里有了让自己放心的疼。我叫门，叫了两声，妈妈出来开门。妈妈能起来开门，我就更安心了。

一院子月光，小花它们跟进来打滚，仿佛院子里的月光比院子外的月光更亮一些。小花叫了一声，仿佛是被一团月光打中了头。这打中了她的头的月光一下子又滚到她尾巴上去了，惹得她追着自己的尾巴不停乱叫。

妈妈进房间了，我放下行李，在院子里看它们玩。月光先是温热的，慢慢就凉了下来，凉到刚刚好。

3

夜里醒了几次。

在家里醒来，永远都知道自己是在家里，不管做了什么样的梦。在外面就不一样了，有时候得想一想，才会想起来自己是在哪里。

一个人的悲伤在梦醒时分会浓稠一些；同样的，一个人的幸福在梦醒之时也会干净一些，爱情在这个时候会悲哀一些，悲哀在这个时候就更悲哀了。这所有的情绪都在我身上，它们和谐共存又彼此对抗，它们是敌人也是情人，它们有相同的肤色不同的基因。

一个人睡眠如同死亡，所以感谢这活着与死亡的反复交替。我常常怀有的恐惧是死亡就是某一个午夜的梦境，我常常希望的也是如此。

我是归于午夜的唯一的人。

终于天亮。

做完一些家务，坐在电脑前打字，键盘上的声音是我喜欢的：安静，低调，温润。屋外的阳光热烈有声，击打在任何事物上都有响亮的回声。麻雀儿叽叽喳喳的，从路上捡回来的小猫趴在台阶上。

——幸福由衷。

一个人能够听到这些声音就是幸福，一个有这些声音存在的地方就是福地。

所以我从来没有打算离开这个地方的想法，没有一个地方能够如故乡一样给我如此大的诱惑。

不知最冷是何情

　　在贵州和重庆待了五天，又在北京待了五天，回到武汉又住了两个夜晚，想着总该回家了。这两年，日子的大部分被我消耗在路上了：命运真是一个神奇的东西，它终于短暂地把我从横店的泥巴里拔了出来，像报复一样补偿给我曾经梦想的境遇和状态。当然曾经的梦想不过影影绰绰，完全没有如此的具体，从来没有把幻想举到和飞机一样的高度。一个人再怎么幻想，幻想的尾巴总是拖泥带水地粘在自己原有的生活状态上，所以我以前从来没有幻想过坐飞机来来回回，而这两年，我记不清我已经坐了多少次飞机了。

　　但是飞机从来没有从横店村的上空经过，无论往哪个方向飞。倒是多年以前，有飞机经过我们的村庄，有时候飞机飞得很低，轰轰隆隆的从远方震颤而来，跑到院子里看，就可以看

148

到飞机白色的大翅膀。那时候我们家里的每一个人：我，我弟弟，我爸爸妈妈和我奶奶，没有一个人幻想过某一天坐一次飞机，那时候飞机就是天上的事物，天上的事物和我们的人间基本上是没有什么关系的。更主要的是，我们没有远方的亲戚和亲人，即使坐上飞机，也不知道往哪个方向飞。而现在，远方依旧没有我们的亲人和亲戚，但是我却不知所以地飞来飞去。

但是我们喜欢说：相遇的都是亲人。我们这些在文字里取暖的孤独的孩子，我这个对人生的来龙去脉不停怀疑却做不到彻底背叛的矛盾者，我是多么容易就把一些人认作我短暂的亲人，然后兴致勃勃地去看他们，兴致勃勃地和他们聊诗歌拉家常，但是在这样的兴致勃勃下面是我对风景的毫无欣喜，对那么多人的毫无眷恋。所有的风景不过两眼的风景，所有的人情不过一心的人情，我的悲观和消极也许让我错失了最美的风景和最好的人情，但是所有的诱惑抵抗不了人的性格。一个人的性格决定了你得到什么和失去什么，我们试图的抗争，不过是在自己的性格旋涡里打转。比如我这样试图分析一个人的性格，这和我写这篇文字原没有任何关系。

但是最亲的亲人却在最远的远方。远得比想象得更远。事情总是在我们的想象之外，而远方一定比我们认为的远方更远。我的奶奶，我的妈妈，这两个陪了我三十七年和四十年的人，如今，我不知道她们在多远的远方。她们从来没有离开过我，在这个横店村，一旦离开，就是阴阳两隔，从人间到阴间应该怎么走呢？这是一个没有办法想象的事情，如同那时候我们看见了飞机都是从来不会想坐飞机一样。我坐飞机的时候很少想到她们，不知道是不是在那么高的天空里不适合想念逝去的亲人，还是一旦飞机飞起来以后和阴间相隔更远？只是在晴朗的天空里看到那么白的云朵的时候，想着她们，特别是奶奶看到了，会发出怎样的惊叹？可惜奶奶没有活到我能够坐飞机的时候。妈妈也只跟我坐了一次飞机，那一次没有看见白得晃眼的云朵。而妈妈沉浸于第一次坐飞机的兴奋，大约对那些也没有那么关心。

　　我从北京坐飞机到武汉，因为武汉大雾，久久不散，晚点了三个小时。身边一个五十岁左右的女人不停打电话，听起来是一个公司的老板，埋怨这个事情没做好，指责那个做事不细心，一副小老板斤斤计较的嘴脸。我背着两个包，摇摇晃晃地在人群里走，加上心情原因，走得格外艰难，还滑倒摔了一跤。我想幸亏我妈妈没有跟着我，她如果看见了，该如何心疼？而她，再也不会跟着我了。许多日子，我在人群里没有看到过一个跟她相像的人，她就这样离开了我，离开得如此彻底，如此决绝。母女一场，还有什么情可以顾忌？但是有时候我想，她如今去了，也免去了跟我一起经历苦厄，这未必不是她的福气。

但是她的死是一个洞，开始的时候如同爸爸的烟头烫在裤脚上的一个洞，看起来还是可以忍受的。但是日子一天天过去，这个洞越来越大。我们小心翼翼地不惹这个洞，但是总是一不小心就碰上了，如同我指头上的一个伤口，不管怎么小心，总还是碰上了，因为它就在你的身体上，如同爱恨一样无法回避。这个洞无法缝补，也没有填充物，我们只能眼睁睁地看着它，看一次疼一次。因为看的时候一定是当初烟头烫上去的悔恨、责怪和怀念。有时候我感觉飞机在这个窟窿里飞，火车在这个窟窿里开，人们对我的赞美和诋毁也都在这个窟窿里。但是它们合起来也如同一颗灰尘在这个窟窿里飘着。

　　从武汉回到横店，天已经黑了。家里黑漆漆的没有开灯。爸爸出去了，锁着门。我在门口站了一会，气喘吁吁的。既想脱掉从外面带回来的黑暗，也想脱掉从家里面溢出来的黑暗。我想给爸爸打电话让他回来开门，电话响了一声，爸爸就把电话挂了。我用手机看了看，看见钥匙，找了一根竹竿把它挑出来把门打开。房间里有很大的霉味，以前妈妈看我长时间在外面会把被子拿出来晒，这些事情一直是她在做，她不在了，我就记不住晒被子的事情，爸爸也记不住。我潦草地整理了一下房间，潦草地睡去。但是爸爸一直没有回家，我又放心不下，辗转反侧到黎明，听见爸爸开门的声音，悬在心头的石头才落了地。

妈妈走后，爸爸似乎没有特别悲伤。我想他应该和我一样把哀伤都藏在了心底。他们四十多年的夫妻，吵吵闹闹过来，但是彼此都成了对方生命的一部分，即使嵌入得不深，但是剥离开去怎么不会生生地疼？妈妈死的时候爸爸哭过，尽管他知道在那个疾病的缠绕里，没有谁挣得出去，爸爸从来就没相信过妈妈会彻底地摆脱那个病，他只是希望妈妈能够多活几年。但是我一直幻想妈妈能够创造奇迹，能够完全康复。我不知道自己为什么一开始就抱着这个幻想。但是妈妈走得这么快，不在我的预计里，也不在爸爸的预计里。

妈妈下葬后，按照我们这里的风俗习惯，还要"叫饭"，就是吃饭的时候，摆上碗筷，喊去世的人回来一起吃饭。奶奶去世，爸爸叫了四十九天，妈妈去世，爸爸叫了三十五天。偶尔忘记了，心里就特别愧疚。爸爸叫妈妈回来吃饭的时候，声音特别温柔，妈妈在世的时候，他极少用那么温柔的声音喊过她的名字。在这许多天的叫饭里，爸爸的温柔里几乎带着一点小调皮的欢乐，那种感觉如同妈妈并没有死去，就在我们身边一样，爸爸也真的说过，他没有感觉到妈妈死去，他感觉她还在我们的身边。我却没有这样的感觉，她死了以后，从来就不让我梦见一次，她如此决绝地断开了我们在尘世的血肉相连。我总是在想：妈妈那么喜欢打麻将，是不是一到了那边，就被同样爱麻将的人拉住了，没日没夜地打麻将，根本没有时间过来看我们一眼？而且人才死了，身上总是带着用不完的钱啊。

　　许多晚上，爸爸温柔地叫妈妈回家吃饭，如果妈妈真的泉下有知，一定会笑着嗔怪：我活着的时候你都没对我这么好过，我死了你倒虚情假意来了。爸爸则会嬉皮笑脸地说：你死了才不会和我吵架了，我当然要对你好一点啰。或者说：我不叫你回来吃饭，你怎么有劲打麻将呢？你怎么有劲去赢钱呢？爸爸高兴的时候还是会哄妈妈开心的。这样的甜言蜜语他们年轻的时候可从来不说，到年纪大了，倒没羞没臊地说得出口了。有时候我问他，你知道我妈现在在做什么不？他也一脸茫然。这个自以为聪明的男人对死亡也束手无策，对他妈妈和自己老婆的去向毫无所知。我们对死亡的惧怕就是从这样的毫无所知开始的。

　　也许爸爸也在躲避这样的惧怕，但是他不肯说出来。其实我也不会有事没事就把它说出来，对死亡的惧怕和对亲人的思念都是一种非常隐私的个人感情。我们对隐藏的个人感情总是小心翼翼，特别珍惜，尤其是关于悲伤的就更不愿意和别人分享了。我和爸爸揣着同一个事情形成的各自的悲伤谨慎地生活在对方身边，因为这样的悲伤，我们不敢特别靠近，而且也没有必要分析清楚和找到一个解决的办法，显然这都是毫无用处的徒劳。其实也许亲人本来就需要一点说不明白的生分，只是我们有了一个理由把它实际化了在我们身边。但是我和爸爸对所有事物的态度都是顺其自然。

很多事情没有结果和无法处理的时候，我们愿意用"顺其自然"几个字安慰自己，把自己交给天地，就可以卸下一些仿佛原本是自己的责任。妈妈去世，我们都说：这是没有办法的事情。然后我们还说：癌症病人多数都是这样死了的，能够抵抗癌症而活下去的毕竟是少数，我们没有办法成为那少数里的一个，似乎我们幻想成为少数里的一个都是不应该的事情，都是痴心妄想。可是我总是痴心妄想：我不仅仅希望我妈妈成为少数里的一个，甚至能够成为少数中的少数，这个疾病不过是一场意外，意外过了，她还能够顺顺当当地活下去。但是我的幻想从来没有答应过我，它没有给我准备的时间就取走了妈妈的命。

爸爸每隔一夜就出去一次，他总是等我房间里的灯熄灭之后，脚步放得很轻，轻轻打开后门再锁上，后半夜或者黎明的时候才回来。爸爸是找他的情人去了。当他第一次跟我说他有一个情人的时候，我乐了，不因为别的，而是因为"情人"这个词，这个书面语从他嘴里如此顺畅地吐了出来，如同他原本就应该而且必须有一个情人似的。爸爸几次跟我说到他的情人，说她温柔，善良，是天下难找的好女人，说她比我爸爸小了十几岁。但是他不肯告诉我这个女人是谁，爸爸的理由是：怕我和她见到了不好意思。其实我倒没有什么不好意思的，说不定见到了我还可以开开玩笑什么的。我爸也许担心的就是这一点，他知道我开玩笑是不认人的，而他那腼腆的小情人怕是经不起这样的玩笑吧。

爸爸一次次半夜出去找他的情人，我隐隐地担忧，也隐隐地感觉不快：妈妈死了没有几天，尸骨未寒。当然火化后的妈妈也没有了尸骨，只留下了一堆灰，也许烧成了灰冷得比较快吧。我没有问爸爸为什么这么快就找到一个他认为是无比温柔善良的情人，我猜爸爸也给不了一个答案：他经历了奶奶去世不到三年，又经历了妈妈的去世，生命是如此脆弱，哪里经得起至爱之人接连消失，而且是永远地消失？他也许不知道怎么办了，他没有办法从同样悲伤的儿女身上得到安慰，他就这样给自己找到了一个虚像。

这还不算，爸爸两次让我给他在交友网上注册，按时间交钱，但是他交钱的时间都不长，都只有一个星期，他是聪明的，在上面找到了别人的联系方式后，再在微信和电话里和别人聊，其中一个聊到就要见面了，让弟弟给他参考穿什么衣服，从什么地方转车等等细节。但是弟弟把这个女人的资料分析了一下，觉得她可能是个骗子，甚至是传销组织里的一员，爸爸被弟弟说得晕晕乎乎，就打消了去看这个陌生女人的念头。弟弟说：现在老爸比你还天真。他说的是我，他和我都觉得一个诗人天真一些还是情有可原的，但是一个农村老头天真就太不应该了。用弟弟的话说：老爸跟你坐了几次飞机就失重了，他现在也不知道他是姓余的了。当然这话是我们姐弟俩偷偷说的，不敢当着爸爸的面说。弟弟还感叹：妈妈一走，这个家就散了。

是啊，妈妈一走，我和爸爸都束手无策：原来许多事情都不知道怎么安排怎么去干。妈妈在的时候总是把日子捋得顺顺溜溜，不需要我们操心。爸爸的浪漫也不敢肆意荡漾，当然浪漫不一定就是不好的，只是在弟弟的眼里，它还需要节制，弟弟不希望爸爸一不小心把事情搞得无法收场。其实浪漫的事情是最好解决的事情，它总是有一点虚无。人会被虚无紧紧地抓住，但是放弃也是一件容易的事情，毕竟它和现实的生活没有过多的瓜葛。不好解决的是生活里实实在在的事情：过春节，该准备什么菜呢？买多少肉，多少个猪耳朵？爸爸一边想，一边用笔记下来。爸爸在妈妈走了以后把他的一部分活成了妈妈的样子。

但是他不是妈妈，没有一个人包括他自己会希望他的身上出现妈妈的样子。我和弟弟讨论过，如果妈妈在，她不会去找一个情人，至少不会在这么短的时间里去找一个情人，她更多的可能是自怨自艾，她可能更多地沉浸在自设的悲伤里，但是这同样没有意义，无论对谁甚至对她的个人情操都有虚伪的成分。我们对爸爸小小的埋怨其实更多地只是与我自己有关：

我们对生命的理解，对两性的理解和对夫妻实质的理解。我觉得顺从内心的事情就是自然的事情，而生命如此渺小，我的爸爸，他也许早就厌倦了和一个人朝夕相对几十年，他终于可以正当地放任一下自己呼吸新鲜的空气。

我们对一个人的疼惜不是对一种关系的疼惜。爸爸也许对几十年捆绑在一起的男女关系感觉厌倦，如果不是某种厌倦，人怎么会用疾病来惩罚自己，怎么会用死亡形成永恒的决裂？我的爸爸，他现在也不过用形单影只对抗这个曾经和他一起生活了几十年的女人：没有了你，我的生命还在继续，我甚至可以按照我的意愿无伤大雅地为非作歹。但是这个男人，他还是没有足够的勇气和他的儿女和世俗的眼光作对。当然他从来就不会想到和什么人作对，也不和自己作对，他没有妈妈那么犟：用死亡来惩罚我们，告诉我们她离开以后，我们将面对怎样的痛楚。

是的，捂着被子不敢哭出来的痛楚。爸爸用了一种戏谑的方式安慰他，也安慰我们。人生难得两不欠，人生本就两不欠。四十多年，什么感情都会用完：爱和怨，喜和愁。谁来安慰我们余下的日子？除了自己，除了各自保重。

明月团团高树影

1

天黑下来，公鸡就一路温言细语，把母鸡和小鸡呼唤着进门。这时候的鸡群被夕阳包裹着，羽毛上的光泽温和、柔顺，鸡冠的红透亮，一群鸡不紧不慢地走过来，让看见的人肃然起敬：它们活得多好啊。

它们进后门的时候，从夕阳里出来，身体还有阳光干燥的热气，这让它们很满意，在更加细碎的呢喃里。进到院子以后，一部分鸡进了鸡笼，一部分今年的新鸡就进了院子南角的一个房间。

这个房间许久没有清扫了，地下积了一层鸡粪，一些蚊虫在上面嗡着。房间里摆满了杂物：一张小木桌，一张大方桌；

一个冬天取暖的铁灶。桌子上、灶上都摆满了杂七杂八的东西：肥料包，葫芦瓢，一些废弃的物件儿等等。靠着西墙，是一张竖起来的木板床，灰色的条纹阴郁暗沉，床边竖着床头架子，一些蛛丝在摇晃着。靠墙的椽子上吊下来两根绳子，拴着一根竹棍。本来搭衣服的竹棍现在爬满了蛛丝，破败的蛛丝网被从南边窗户吹进来的风摇曳着，摇摇欲坠。不知道蜘蛛在哪里，它也许就等这陈旧的网掉下去，再结一个新的。

一群鸡算准了时间，天刚刚黑的时候犹犹豫豫地进去了，它们还是小心谨慎的，仿佛房间里还有一个不曾入睡的人。妈妈把晚饭做好后，用一个网子网在门口，免得它们一早起来，拉得到处都是。

这个房间曾经住着一个人，一个人曾经死在这个房间里。这个人是我奶奶。

2

2013 年的秋天，好天气持续了一些日子，屋外野菊花泛滥得到处都是。阳光灿烂得一塌糊涂，明亮的院子，温暖。这些时候，人对这肮脏、苍白的人生多了一些信任。阳光能够照着活着的人，人就有了活下去的欲望。

大妈过来看奶奶。大妈年纪大了，突然就温柔许多，对奶奶忽地多了关心。她问奶奶想吃什么,奶奶说什么也不想吃,就想喝水。于是冲了糖水给她喝了。问她还喝不,她说不了,斜靠在床头。大妈待了一会儿,就走了。

过了一会,我去看她,她还是那个样子靠在那里。我想着她昨天夜里嘀咕了一阵,想必是累了,没有喊她,就让她多睡一会儿吧。那个时候,她可能已经死了。她死得让我根本不知道她已经死了。把中午的饭烧了,我又去看她,她还是那个样子,我去摸她的手,已经凉了。中午的太阳明晃晃的,我的眼睛也晃。

我冲到屋外,喊大爸,说奶奶死了。大爸说:知道了,马上过来。再喊爸爸,爸爸说:知道了,马上回来。我又跑回了她的房间,摸她的手,摸她的脸,知道这个人再不会和我说一句话了,眼泪一下子就涌了出来,仿佛来不及悲伤,眼泪就先到来了。

爸爸妈妈没有请人给她穿寿衣,他们自己给她擦身体,自己给她穿了。妈妈一边穿一边念叨:你乖乖的啊,给你穿好了,路上不冷……奶奶果真把身体软下来,让她穿好。

3

从六十岁的时候,奶奶就给自己准备寿衣了,许多讲究我都没有心思去搞清楚，好像衣服的材料是有讲究的，内衣应该是棉质的，内衣和外套要一样长，还有扣子也是有讲究的，几颗几颗等等。我一直以为死亡是离我很远的一件事情，所以根本没有用心记这些事情，也不怪奶奶总说我不孝。

奶奶对衣服挑剔的程度不比那些大明星差。一件新衣服给她，她高兴：啊，这衣服真合适，这裁缝多能干啊。听着这些话，我们就放心：这回不会错了吧。但是不过几天，这件衣服就出毛病了——不是长了一公分，就是粗了一指头，大部分是她自己改了。但是年纪大了，总是粗针大线的，并不好看。但是她自己觉得好，就是好的了。

有一年，我给她买了一件短袖，遇见了同样的遭遇，我就伤心，以后就不给她买衣服了。奶奶的衣服没有一件是原始的，都是经过她修改的，而且总是修改得不成样子。爸爸为此发了几次火，根本没用。好像衣服到了她手里不是为了穿的，就是为了让她改来改去的。

所以她的寿衣也经过了很多次的置换和修改，直到她老糊涂了，想不起来还有寿衣这东西了，才放手。我们就笑：奶奶还是糊涂一点好，给什么穿什么。

当一个人给什么穿什么的时候，她的生命已经无力。再也看不到她躲在房间里偷偷改衣服的样子，那种做贼心虚的光芒把她包裹得像个孩子。

4

　　人死后是要不停地烧纸钱的，我不知道是什么意思，难道是为一个灵魂送行？我不知道奶奶的灵魂是在房间里还是从大门出去了，喧闹的气氛里感觉不到她的存在。爸爸没想到人死后有许多烦琐的事情，一时手忙脚乱。我想给弟弟打电话，又怕他正在课堂上，奶奶如果泉下有知一定会怪我：老子死了都不是大事，还有什么是大事？是啊，那个时间里，我把死亡看得那么轻，觉得不必要许多人知道。

　　过了许久，我还是给弟弟发了信息：婆婆死了。我不说去世，不说她走了，我直愣愣地说她死了。她去了会回，走了也会回，而死是一条单行道。弟弟很快开车回来，埋怨我不早告诉他，因为他回来的时候，奶奶已经入棺。

　　棺材放在厅屋，并没有放进堂屋。一口没有刷油漆的很结实的棺材。奶奶的身体那么小，放进去如一个小小的婴儿。

　　陆陆续续来了许多人。死亡的热闹慢慢出来了。奶奶就三个儿子，都六十多奔七十的人了，他们肯定是羞于大哭的。奶奶活了九十多岁，已经一点一点把死亡的气息透露给他们，把他们的悲伤化整为零了。

　　奶奶还有一个养女，早年走得很亲热。后来奶奶信了基督，姑母信佛，都信得神神道道，奶奶说去姑母家就头疼生病，因此就慢慢疏远了。姑母来的时候奶奶已经入棺，她摸着棺材一圈哭了一通，非常好听的哭腔，这样的哭腔是不需要眼泪的配合的，我觉得她没有必要这样，忍不住笑。

最要紧的事情是请阴阳先生看日子：哪一天入土。奶奶真是无福之人，看的日子就在当天，不能过子时。爸爸还要联系车拖她去火化。奶奶生前最害怕火化了，但是还是要被火化，想想她是多么不情愿。

黄昏的时候，棺材重新打开，让所有的人都看一眼：她不过就是睡着了的样子，对人生还没有厌倦之色。

5

我和弟弟读小学的时候，她六十多岁，接近七十。那时候她就信基督教了。基督教刚刚传到我们村里，爸爸妈妈接触也是因为我的病，当然我的大毛病是治不好的，可是把我牙疼的小毛病给弄好了，奶奶就皈依了基督教，从此一心一意，直到死去。

他们的祷告词不是书上的，而是让别人抄在本子上，一段一段的，每一段都有一个名字，比如：吃饭词、睡觉词、赶鬼词、治病词等等，看上去他们觉得病是病，被鬼摸了是另外一回事情，好像还有一点唯物的想法，但最后都是通过耶稣的神力给治好的。年少的我们并没有被这给忽悠了，但是面对十字架却有一种本能的敬畏。

奶奶不识字，所有的祷告词都是靠别人教。早上起来，我和弟弟做作业，奶奶做饭，她一会儿进来让我们教她两句，一会儿进来再教两句，而她的记忆力特别差，一篇祷告词不知道要教多少遍呢。奶奶是个特别爱学习的人，每天见缝插针让我们教她读祷告词，好多年都是这样。我和她睡在一起直到我结婚，所以每天晚上她都缠着我教她读祷告词的。

那时候觉得教她读祷告词是一件非常痛苦的事情。几年下来，她学会了两本，盛极一时的时候，她居然能给村里的小孩子"治病"了。这样模糊的信仰的力量居然"可靠"了。

6

后来，她的"法力"就少了，也不再给一些头疼脑热的小孩子看病，我也没有了继续教她读祷告词的耐心，她每天早晚跪在十字架前面祷告，年纪大了，跪下去不容易，起来也不容易了，就站着祷告。也许是信教时间太长，有些怠慢和疲惫，她在吃饭的时候也不拱着手念祷告词了。

不知道什么时候，她的话就多得让人厌烦。遇见什么人都会讲：我又把哪个小孩治好了，主又显神迹了；主对我们多好啊，你看还有人不信他，信邪教。她非常反对我妈妈后来信佛教，称之为邪教。又说：昨天晚上主又在我房间里发光了，那的确是主发的光，主发的光是白色的，魔鬼发的光是红色的。开始我们对她讲的这些感觉是神奇的，对耶稣肯光临我们的家充满了感激，后来听她说的次数多了，反而不相信她了。奶奶这时候总是很着急：我这么大年纪会说谎话么？

　　这些说完了，就会怀念早年的一段旧事，而且每每回忆起来，就骄傲得眼睛发光：那时候日本鬼子进村了，到处抓壮丁，其实有许多不是真的日本人，许多是伪装的，爷爷就这样被抓走了，她回家听到这个消息，把一岁多一点的大爸一抱就去皮集找日本人要我的爷爷。村里人都劝她不要去了，日本人可是不讲情面的。

　　但是奶奶说：我当时就横了一条心，你爷爷不回来，我就跟他一起死。这时候的她是一个伟大的女英雄，好多女人不敢做的事情她做了，这成为她骄傲了一辈子的资本。

　　奶奶说：我在皮集等到挨晚，碰到了那个管事的了，我一点也不害怕，我想不起来要害怕的了，你大爸那时候可乖巧了，我说，娃，给长官敬个礼，他伸起小手就敬了个礼，那个人高兴了，问了一些情况，就把你爷爷放回来了。就是说奶奶稀里糊涂地救了爷爷一条命，但是在我们听来却已经是风轻云淡的事情了。

这件事同样被她复述了无数遍，奶奶的英雄主义因为过多次数的重复已经面目可憎了。后来我说：奶奶给日本鬼子敬礼，汉奸！奶奶就跳起脚追我：老子是汉奸，还有你爸爸还有你吗？奶奶那时候的脚力还好，追着我屋前屋后跑，我真的害怕她追上来打我，但是又忍不住笑。

7

抬棺材上灵车的时候，按规矩，爸爸应该给每一个抬的人下跪，但是乡里乡亲，这样的礼节就变更了一下：变成了他给每个人行作揖礼，但是他的单膝弯曲，在每个人的面前蹲一下，那样子让人心疼，头上的孝巾长长地垂着，让他整个人显得比平时小了。

去火葬场的人不多，我们在家等着，等她回来入土。我想象不出她小小的身体被送进熔炉的样子，那时候她的灵魂会看着她的肉体一点点化为灰烬的过程吗？她会埋怨子孙没有按照她的心意不火化她的身体吗？或者叹息一声：我这个老太婆是犟不过你们的，烧就烧吧，反正我不晓得疼了。

她真不晓得疼了吗？

我们在小路上等他们回来。夜黑得很，但是许多人的声音交织在一处，连悲伤都变得模糊了。爸爸把她从车上抱下来，

是一个小小的骨灰盒了。我没有抱过，但是一定轻，轻得让你
找不到用多大的力气去接。她如同一个孩子躺在爸爸的怀里。

还是把骨灰盒放进了棺材，如同一个小人走进了一间大
房子，空荡荡的，她不知道往哪个角落站。她一定有一些惶恐
有一些不适应，只是她想呼唤的时候再也找不到一个人。

棺材放下去，土填进去，一个人从这个世界上彻底消失。
还是没有风。黑聚集在周围，一点儿也散不开。有一些土是落
在我们心里的，哽住呼吸，哭不出来。

8

在我更小的时候，奶奶和妈妈经常吵架，但是无论怎么吵，
奶奶依旧心疼劳累的妈妈，妈妈每年都给奶奶做新衣服。常常
想，如果她们不遇见彼此该是寂寞的吧。妈妈伶牙俐齿，常常
刻薄到奶奶自以为输，于是拿头撞墙，这是小时候的记忆里最
可怕的一幕。吵过了，妈妈或者奶奶睡几天，睡到没意思了，
也没指望了，爬起来，密密匝匝地过日子。当她们年纪大了，
还是吵架，但是没有以前那么认真了。

奶奶的房间挂十字架，妈妈信佛以后，堂屋里就摆个香炉，
每个月初一、十五烧香。奶奶固执地以为佛教是邪教，影响了
她，有一次就把香炉摔碎了，奶奶的十字架也被撕下来。但是

妈妈还是烧香，奶奶还是祷告。她们的信仰都在心里。

　　最有意思的一件事情是：爸爸为了检验他买的胶水是不是管用，就把一个碗粘在香案上，奶奶偶然看见了，想拿碗去干什么，结果怎么拿也拿不动。这可把奶奶吓得够呛，说堂屋里有鬼气，从此有什么事情需要来堂屋都是匆匆忙忙的，害怕碰到什么鬼。这件事情我们笑了好久，至今讲起来也笑个不停。

　　还有一件事情是，爸爸买农药回来挂在堂屋前的梁上，奶奶进堂屋看见一次，出来又看见一次，心里就不痛快了，对我说：你看看你爸爸，买农药回来挂在那里，就是想让我喝噻，哼，老子就是不喝，活着戳你们的眼睛。我们又笑了好久。不过奶奶年纪大了，睡一觉就什么都忘记了，爸爸把农药收起来，她就想不起来了。

9

　　她活着的时候，我觉得她很烦，还时不时冤枉我一些事情。这个争强好胜的老太婆对谁都不会示弱服软，不管多亲的人都要争个输赢，甚至不惜把自己伤害，我对她在一段时间里有些厌倦了，想着她死了也许真是一种解脱，后来她就真的死了，我几乎来不及仔细想她会死的时候，她就真的死了。

　　她死了以后，那个房间里的灯亮了四十九天，这是长明灯啊，为她黄泉路上照亮。我经常进去她的房间，喊她：婆婆，婆婆！但是我出来没有感觉到她的存在，这让我真正恐惧。她究竟对我有多寒心，所以根本不回一下头。

在她房间里坐着，想她如果还在，哪怕天天吵架也是好的啊。这个人走了，这间房子空了，这个人在一个人心头的位置也空了，而且没有任何别的东西可以填充。你想哭，却觉得矫情。

如果今天我告诉她：奶奶，我上电视了，上了好多好多电视。奶奶一定会斜着眼睛看我：就你，还上电视？你话说得清楚吗？

人与狗，俱不在

那时候的黄昏无论从哪个角度看去，都不同于现在的黄昏。那时候家门口的草木葱郁，而且是年轻的葱郁。即使现在，那些草木依然存活着，即使它们在又一年的春风里发出新枝，这新枝和从前一样让我屈服于对又一个春天无端的热爱和对生命没有根由的轻薄的热忱，但是我的心肯定不会给我沉醉的机会：轮回的利刺就在唇边，不会让你的热忱违背你的心。

生命从苍翠到衰老，这是一个不显山露水的过程，如同温水煮青蛙，当你发觉到疼的时候，青春已经远远地把你抛在身后了。当然我们必须屈服于这样的过程，挣扎显得可爱或者大义凛然，但是对已经形成的事实毫无益处。而且我家门口已经不是旧时的模样，它的改变一般都是一夜之间的。当你清晨起来看见已经改变的模样，除了一声哀叹，就是接受。而且你会发现已经存在的事情比预想里存在的事情让人接受得快。

我在我家附近再也找不到旧时的样子，更别说童年，那是上辈子的事情了。时间在一个人的回忆里好像比它本身变得悠长。回忆改变了时间原来的速度，也跟着改变了一些人在这个世界上存在的方式，这真是一件奇妙的事情。也许，时间在宇宙里并不是长度一样的，它也许在不同的事物里有着不同的标尺。甚至我们有时候偷偷往回带了几分钟或者几个小时，我们对这件事的疑心从来就不大，所以宇宙维持了它一贯的次序。

我的奶奶从来就不会在意时间的问题，现在时间把她放在了另外一个维度里，也许她忙着和一些旧人聊着生前死后事，根本腾不出时间来思考时间的事情，时间让人死去，但是死亡却不是时间的事情。当然人死了以后还会不会有时间的存在？如果是没有时间存在的永恒是不是更加让人恐惧？我相信天堂和地狱一样会叫人厌烦，我相信永恒发生在一个人身上是宇宙里最不幸的事情。

所以我奶奶在九十二岁的时候放弃了活着的永恒。她腾出了她的房间，腾出了短暂的空间，但是很快，这样的空就被别的事物填满了，仿佛空间从来没有被撕裂的痕迹。奶奶死的时候我没有特别地悲伤，九十二年的尘世之身已经足够让人羡慕了。有多少人来不及品尝足够的悲伤就夭折在路上：上天的安排有时候总是那么不合理。但是我悲伤于她腾出的空间被填

我的思索恰恰基于对生活的信任，没有道理的信任，恰如没有道理地喜欢一个人一样。

满的速度：是什么如此急切地把她的讯息从这个世界上抹去？

我常常对着她空荡荡的房间。我实在希望一个我害怕的不明就里的影子从那个门口一闪而过，但是从来没有，甚至在我悲伤绝望的时候都没有出现过这样的幻觉。我被许多东西欺骗了：我曾经不舍昼夜在鬼片里寻找的线索没有给我任何启示。那些死了的人就那么狠心地一口喝下孟婆汤，从不回头看看他们留在人间的爱恨么？

奶奶死前许多年，家里养了一条狗，灰白的，很凶。它不喜欢叫，是个实干家：人来了也不叫唤，蹑手蹑脚地走到别人身后，咬一口就跑，像一个专门搞偷袭的小人。于是来我家的人都格外小心，左顾右盼，生怕一不小心就被它算计了。父亲很担心它伤人，总想把它卖了，但是终是不忍心，一直到它很老，对偷袭这件事不感兴趣了。

狗的时间和人的时间又是不一样的。狗比人老得快得多。我们无法知道上帝安排在万物上的时间，哪一个是最公平的，也许上帝也是经过了我们的同意，如同一个卖保险的，听他说得天花乱坠，似乎合情合理，最后买了，却发现上当了。当然人和上帝玩心计，完全是鸡蛋碰石头。

所以狗老的时候，奶奶还没有老眼昏花。狗在奶奶的喂养下长大，却比奶奶老得快。当然奶奶不知道时间在狗的身上跑得快，她以为许多时候狗在糊弄她：比如黄昏的时候，奶奶端了一碗剩饭去喂它，一时看不到它的身影，就"狗——呜——，狗——呜——"地唤它。唤了半天还不见它的影子，奶奶就着急了，担心打狗的人把它打走了，于是四处去找。

奶奶以为需要花很长时间走很远的路去找，但是出大门不远，就看见它暖洋洋地趴在草丛上。奶奶一下子就被激怒了，因为它在这个地方不需要费一点力气就可以听见奶奶的叫唤，但是它居然装聋作哑完全不理会奶奶的叫唤。奶奶的尊严居然被一只狗挑衅，于是她气急败坏。想着人老了连狗都不放在眼里了，于是愤怒之中又多了一些悲伤。于是她对它咆哮：你这死狗，这么近你听不见吗？我是叫你吃饭，又不是让你干别的。

狗这才抬起头看看奶奶，实在不忍心这个老太婆太伤心，于是伸伸懒腰，起来跟着奶奶走回家。奶奶看它跟她回来了，也就不计较它的傲慢无礼了。

很多个黄昏，奶奶唤狗的声音在空气里颤抖。她的声音嘶哑、粗砺，听起来总是怒气冲冲。奶奶也用这样的声音喊父亲，父亲偶尔就抱怨：像打破锣！但是奶奶才不管打什么锣，只要能把人和狗都唤回来。

后来狗不见了。奶奶连续唤了几天都不见它回来。奶奶就怒气冲冲地说：准是被人打走了，它那懒洋洋的样子迟早是要被人打走的。过了一段时间，她就把这条狗忘记了，好像狗陪伴她的那么长的时间也被忘记了。奶奶的年纪已经不会为突然的失去而悲伤了。也许这样的失去在一个人的生命里多了就会是寻常。

又过了许多年，奶奶去世。她去世的时候是中午，阳光灿烂。

几年过去了，我从来不矫情地想起她。清明节在她坟头给她磕头的时候，我总是要问她：婆婆，我是你孙女，你还认得我么？

阳光灿烂。远处不知道谁家的狗在叫。

奶奶的两周年

　　他们昨天就在准备了。如果不是这样的提醒，我是想不起来这样一个微微不一样的日子了，不过她今年生日的那天我想起来了，也提醒父亲去给她烧了纸钱。这个固执的老太婆，一定是记着生前我与她的打打闹闹，从来不给我一个梦，不让我知道她现在在哪里，想想，犹有些怨她，不过两年过去，这怨也就少了，当然想起她，流泪也少了，她与我肯定是走远了。她是否以这样的方式告诉我：不必挽留？

　　我在房间里打电话的时候，姑妈进门了，父亲说她这几天不停打电话提醒这个日子。姑妈不是奶奶亲生的，她能够这样，想来奶奶也会感觉温暖了吧。电话久久无法结束：九〇后的小导演反反复复和我商量演讲的台词，我有一些不耐烦，不过他清脆的声音让我不忍挂电话。

电话结束，他们已经在院子里晒了好一会儿的太阳了。今天的阳光特别好，一扫接连几日的阴霾和寒冷。我想她的坟头那些土块也已经干爽了，土块上的枯草也干爽了，忘却了它们身下睡着的一个人。确切地说是一堆灰。阳光好的时候，阴阳两界也分明起来，不知道奶奶会不会贪恋这样的阳光，像活着时候的那样，搬一个小板凳坐在一小块阳光里打瞌睡？也许人死了，是害怕阳光的呢，只能眼巴巴地看着阳光，喃喃自语：人死了，就是不一样了，就是不一样了呢。

　　出去和姑妈打招呼，说起我现在经历的一些事情，她自然是要劝慰的，以她七十岁的经验。而我总是用她以为的"歪理邪说"让她哭笑不得，也让她无话可说。她说我现在的日子好了，云云。我自然无法和她说清楚生活里的许多道理，而且这些道理也是没有必要对一个人说清楚。我只要她是我的姑妈就好了。我只要世俗的生活里这一生和她的情缘就好。

　　阳光越发蓬勃起来，把她暗红的袄子照得热气腾腾，把她的脸也晒得热气腾腾，大姐和大姐夫这时候进来了，大爸和二爸也来了，奶奶一定在一个我们没有留意到的角落里暗暗点头：嗯，该来的都来了，不枉我把他们拉扯成人。

　　父亲准备中饭的时候，还看了一会手机，他玩微信上瘾了，不自觉里订了许多公众号，他甚至还不知道公众号是什么，就是喜欢那些精巧的小笑话、小语言。母亲又把他"诈"了一遍，母亲诈他，他一般不予理会，实在逼急了就回几句。大姐去厨房里帮忙，姐夫在院子里玩手机，姑妈他们几个去看我家旁边的新农村建设了，人们的脸上都有喜色，因为阳光这么好。

中饭做得不错，我们吃得很开心。我吃到了今年以来最好的一顿蒸肉，甚至多吃了一碗饭，奶奶如果知道，一定会说我不孝顺她了，在她的忌日里居然吃得比平常多。我也一定会像从前那样回答她：你又没有托梦给我让我少吃一点。她呢，一定会骂我：你不孝顺我，你没良心，你没有好下场……

下午最要紧的一件事情是写"纸盒"，就是用白纸包了纸钱或者钞票，一包一包的，如同结婚时候给孩子的红包，不过是用白纸包的。大概阴间只收白包不收红包的，其实我觉得红包更好。他们包了一些，但是没有去年她一周年的时候包得多，因为今天来的人也没有去年来的人多，这是根据谁来谁写的原则。

父亲提笔要写的时候，突然忘记了写的格式。打电话给了几个人，才搞清楚怎么写的。他写的时候，我们都在院子里聊天，父亲总是要插话的，一插话就忘记了下一个该写谁了，母亲就诈他，说他做事情三心二意，父亲嘿嘿笑两声，接着写。但是过不了多久，他又插话，又忘了下一个该写谁，母亲就又诈他。姑妈也让他好好写，不要听他们说话。说父亲从小就吊儿郎当的，每次上学经过她家都要在她门上留几个字：姐姐，我来过了。但是姑妈不认识字，而父亲每一次还是这样告诉她：他去过她家了。姑妈这样说的时候，父亲也是嘿嘿笑着，忘了这个儿媳妇的名字，忘了那个儿媳妇的名字。

其实就和我们写信一样，写上谁收，谁寄。谁寄是表示哪个亲人来看过她了，一些没有来的也可以被代表一下，如同赶人情时，没有时间去，让人把凑份子的钱带去了。母亲嘱咐父亲多写几个，也是为了给奶奶多一些安慰，表示许多人来看过她了。我看着父亲写得吃力，说让他只写奶奶的名字，她能够收到就可以了。母亲在一边说：我死了，你就只写我的名字吧？我说：你得给我托梦，看能不能收到。母亲指着我对姑妈说：你看看她。

小花在台阶上晒太阳，不时扇动一下耳朵，直直地看着自己身上掉下来的几根毛在阳光里旋转，它的鼻子一呵气，那毛就又旋转着上升。小猫猫在它的面前，一副随时调戏它的模样，但是小花不为所动，只与自己玩。后来它一起身，小猫就吓跑了。

纸盒写好以后，就在我们屋后的竹林祭了，并没有去奶奶的坟头。阴间也应该有银行，有邮局的，所以不管在哪里寄，她都能收到的。写了半天的纸盒化成一堆灰，在风里飘舞得四处都是。我没有感觉到奶奶的出现，也许她不过是坐在家里，等待邮差上门。奶奶不认识字，别人诳她，她也是不知道的吧。

179

大姐说奶奶前几天给她托梦了，也许奶奶缺钱花了，也许她和生前一样，即使有钱也舍不得花，总是攒起来，然后再找我们要钱吧。

一堆灰在风里飘散了，我在床上看电影，看了一个开头就睡着了，还是没有梦见她。她也许正忙着清点并不多的纸钱呢。

肆

让我们关上房门，穿好衣服

其实，睡你和被你睡是不一样的

　　当时，我是一个比较年轻的农妇，顽皮地写了一首《穿过大半个中国去睡你》放在我的博客里，那时候我的博客可谓门可罗雀，有时候半只雀都落不了，反正一片森然的孤寂。我把这首诗放在博客里，想着能不能引来几个好色之徒，增加一点点点击量，让我自娱自乐一下。

　　咦，果然，这一篇的点击量比较高。一些狂热的希望被睡者大声叫好，可惜博客里面没有打赏功能，要不说不定在那个高峰期还能捞回一点电费。当然钱是身外之物，我哭着喊着，它也不愿意长到我身上来。还有一些羞涩含蓄的就一飘而过了，他们暗地里去办我说着的事情了，只留下一些没有能力睡的在我这里冒充道德君子。

　　孔子曰：食色，性也。孔子是中国文化的根基，他老人家说的话就算不是圣旨，也可以当令箭。当然我既不需要圣旨，也不需要令箭，世界上人太多了，他可没时间管我。就算他某一天闲着没事想管我了，可能我刚好魂不守舍听不进去，仁慈的老人也未必和我斤斤计较。

当然我也没有任何野心想把孔夫子的理论发扬光大。我只是冒冒失失地撞到孔子的枪口上了，好吧，"要死就死在你手里"，我已经做好了为我们伟大的国粹献身的准备。所以我比诸葛亮的草船收的箭还多，结果发现那些箭都是纸做的。事实告诉我们：如果不被吓死，人是不那么容易死掉的。

当然我的名声就不好啦，"荡妇诗人"四个字在网上飘啊飘，天空飘来四个字，你敢不当回事儿？可是这四个字真正与我没有半毛钱的关系。我除了会荡秋千，还会荡双桨，如果实在没有饭吃了，也会当内裤。更重要的是我愧对"荡妇"这个称谓，一想到荡妇，就想到眼含秋波，腰似杨柳，在我面前款款而来。而我这个中年妇女，腰都硬了，还怎么去荡呢，说起来都是泪啊。

好吧，荡妇就荡妇，我从堂屋荡到厨房，从厨房荡到厕所。后来一不小心就荡到了北京、广州等地，我寂寞地荡来荡去，警察看见了问都不问，我爱祖国如此和平。

说了这么多，还没有说到正题，如同一些年纪大的家伙，办事之前要热身半天，黄花菜凉了也没用。

"其实，睡你和被你睡是差不多的，无非是两具肉体碰撞的力，无非是这力催开的花朵，无非是这花朵虚拟出的春天让我们误以为春天被重新打开。"我知道这一节我写得比较好，几个排比把我要的意境打开了。当然我根本不知道我真正需要什么样的意境，反正爱情来了，花就开了，花一开，春天就来了。多俗气啊，但是在爱情面前，你不俗气该怎么办？你不俗气对得起爱情吗？你不俗气会睡吗？你不睡爱情怎么玩完？你不玩完你怎么配得上俗气？所以后来我又写了："熟烂的春天需要无端地热爱。"春天如同一个厚颜无耻的叫花子，他按时到来，他这么准时，你都不好意思不打赏他。

但是，问题来了，这几天我在打谷场上散步的时候，（我偶尔也小跑一下。我小跑的时候，除了腰太粗荡不动，其他的地方都在荡。有时候想起龚学敏老师说他的乳房那个荡，我就很羞怯，当然更多的是想赞美这个被我们用坏了的世界，我觉得龚学敏老师是可以修复这个世界的人。）哦，我在打谷场上转圈的时候，忽然想起我的这句："其实睡你和被你睡是差不多的。"

想多了，我就知道这句话是不对的。我一下子原谅了那些用猪脑子猪嘴骂我的人，他们虽然是猪脑，但是却对了百分之一。我有给他们发红包的冲动了。为什么呢，因为我错了，因为睡你和被你睡是完全不一样的！当然结果差不多，就是两个人滚了床单后，各回各家各找各妈，当然也可以找他老婆。

睡你，是我主动，我在爱情和生理上有主动权。（如果把这里的爱情理解为性冲动，我也没有意见，反正我习惯了做一个善良的人。）至于你让不让睡和我没有什么关系，如果你是一个中年男人，我会毫不客气地联想一下你的身体情况。原来我一直不理解沈睿为什么把这首诗扯到女权主义，现在我终于明白了。

其实，优雅一点说，是我们在生活里积极的态度，一个女人能够主动去追男人，她的生命力一定是蓬勃旺盛的，她在其他方面也会积极主动，这是我喜欢的一种人生态度，尽管许多时候我很消极，我对人生没有过多的期待和热情。一方面我成熟了，但是更大的可能是我怕了，我的热情撑不起自己犯错误的胆量了。

而被睡，就是放弃了主动，暗含无奈地迎合。我不喜欢这样，我不喜欢不明朗的、我把握不了的事情。睡是一种追寻的过程，而被睡隐匿着逃逸。这主动和被动的关系完全是不一样的。男人为什么喜欢主动，因为他们把控自己的能力更差一点，他们的生理会面对许多实际问题，他们必须隐藏自己的心虚。所以，一个女人如果主动说要去睡他们，他们肯定是害怕的，所以一个想睡男人的女人是不会被欢迎的。

当然睡不睡，并不影响结果，也与感情关系不大。如果一个男人睡了你，你就想他对你负责，只能说你太狭隘了，我们的身体我们自己负责，谁也别想自作多情来管我们。如果你自己都不想对自己的身体负责，男人凭什么为你负责。

以上这些文字，如果我在哪里误导了你，反正我不对此负责。

疯狂的爱更像一种绝望

穿过大半个中国去睡你

其实，睡你和被你睡是差不多的，无非是
两具肉体碰撞的力，无非是这力催开的花朵
无非是这花朵虚拟出的春天让我们误以为
　　生命被重新打开

大半个中国，什么都在发生：火山在喷，河流在枯
一些不被关心的政治犯和流民
一路在枪口的麋鹿和丹顶鹤

我是穿过枪林弹雨去睡你

我是把无数的黑夜摁进一个黎明去睡你

我是无数个我奔跑成一个我去睡你

当然我也会被一些蝴蝶带入歧途

把一些赞美当成春天

把一个和横店类似的村庄当成故乡

而它们

都是我去睡你必不可少的理由

写这首诗，而且重释，有一种淡淡的厚颜无耻的感觉。好在我厚颜无耻惯了，这样的羞愧已经不能对我脆薄的灵魂造成损伤（如果我真的有灵魂的话）。仿佛这一段时间，我更愿意说到灵魂这个虚无的词了，有一种缺什么补什么的感觉。诗人们愿意说到灵魂，同时又不齿于说到这个词，如同被用坏了的"爱情"一样。

又是一个安静的夜晚，院子里只有噼里啪啦的落雨声，雨与雨之间是浩渺深邃的黑暗，因为雨滴的存在，这黑暗更像深渊一样，我开着灯的房间不知道是深居其里，还是萤火虫一般与黑暗擦出的火光，我没有办法确定。如同一个人长久的孤独里分不清自己是死了还是活着。可是我又如此热爱这样的时刻，热爱到一种偏执：打开电脑里干净的文档，文字一个接一个跳上去，我就获得了幸福。

我终于明白：幸福是一种自己确确实实可以得到而且不那么容易就失去的东西。我感谢自己有能力获得这样的幸福。

我一直说自己是一个没有故事的女人，但是看起来仿佛经过了许多事情，这样的女人其实很可悲：因为她们都是自己设计给自己的剧情，没有细节，似是而非。而这样的女人一直在坎坷的寂寞里无法自拔，如果有人点破，说不定还会恼羞成怒。

也是在别人点评我的诗歌的文字里看到的一个故事：一个人在网络上写文章，一篇又一篇，写的都是她在什么地方旅游的故事，文字优美，写得详尽，获得不少好评。但是后来有人指出她写的不对。那个景点不是她写的那样，即：她文字的介绍出了原则性的错误，是她优美的文笔忽悠不过去的，但是她死不承认，非得说那个景点就是她写的那样，于是就有了辩论，有了争吵，甚至更严重地互相攻击。本来看上去很好的一件事情演变成了一场狗血事件。

后来，有知情人爆料：她是一个重残人士，根本不可能去那么多的地方旅行，她所写的都是通过网上的资料再加入了自己的臆想。而自己的臆想再强大，也不可能天衣无缝，一定会有出纰漏的时候。我不知道她在什么关键的地方疏忽了，以致引起了如此严重的后果，更要命的是，她还死不认错，还要和真正去过那些地方的人死磕。我不明白，一颗自尊心在自己都无法确定真伪的时候还能够如此强大。

这个故事在我心里盘桓了好几天，我想起自己曾经和别人在网上吵架的日子：没有一件事情是因为虚拟的没有根据的。从某种意义上说，我是现实主义者，我对虚构的事物没有好感，但是我也觉得自己是理解她的——她被自己的身体困在一个地方无法动弹，她太渴望出去走一走，看一看外面的世界了，于是她把一个个虚像摆在了自己的面前，糊弄一下自己渴望自由的心。我觉得心疼，但是又不想心疼她。如果她想象的景点里有许多人造的，这样的心疼就更斑驳了。

此刻，雨下得小了一些，漫不经心地打在一个什么物件上，溅起的夜色仿佛也轻了一点，当然这是声音带给我的错觉：夜色应该在加深，如同人生里慢慢在堆积的疾患。我们每一个人都头顶好几顿的夜色，它们此刻尚且悬挂着，在我们需要的时候会沉重地落下来，把我们压进泥土，让尘世留一处空白。

我的心一直恍惚。但是每一种恍惚我都觉得应该存在：比如我现在觉得我不要爱情也可以顺顺当当地生活，但是这未必不是一种心老而人也老去的提醒。到了这个时候，就恨自己风流得不够，就恨自己没有本事继续那样的风流。我在自己尘世的欲望里左右为难：我不知道怎样才算对自己更合理的交代，因为这一直没有合理过的生命有许多时候总是让我羞愧。

那时候，我急切地想要爱情，与其说是爱情，不如说是一种偏执的证明。有许许多多事物已经证明了我的存在，可是如果没有爱情的进一步证明，我对已有的证明依旧怀疑。现在想起来，我是在与自己较劲：世界让你到来就已经是一种应许，而我为什么一直对这样的应许不停怀疑，必须在我自己的身上打开一条血肉模糊的道路才能证明证明本身的效果？

也许那个时候，在婚姻的捆绑之下，我天生的反骨一直在隐隐作痛。我想要爱情，我想要一个确确实实的人把我拖出怀疑的泥沼，就是说：我想要一场虚境来戳破本身已经存在的虚境，我要疼就往死里疼，我要毁灭就万劫不复。命运一开始就把我放在一望无际的沼泽里，我的挣扎不过是上帝眼里的笑话，而这样的笑话又不得不闹出来。

而此刻，又一个夜晚，万物沉默的时候，回想起穿过大半个中国去睡谁的决心已经搁置了起来。我恨我自己这么快就丧失了这样的决心，我也恨我月光一般的灵魂到如今还没有被侵犯。

我虚拟出一个爱人，他在很远很远的地方，平时的时候我不会想到他，但是有一天我告诉他我去看他他就会欢喜。他身材高大，有络腮胡子，但是平时都刮得很干净。他的手掌很大，如果和我握手，一定会把我的骨头捏疼。他不大喜欢拥抱，但是如果看见我风尘仆仆地去看他，一定会心疼地搂过我的肩膀。

但是更重要的是这个人必须有这样的魅力：让我不顾一切去爱他，让我千辛万苦奔赴他就是为了交出我自己都舍不得老去的肉体。尽管我知道肉体的融合并不能证明爱情的存在而且也不能加深爱情，但是我已经无能为力，只有这样，我才能在我自己的心里证明：我在没有保留地爱你。这样不是为了感动你，你的孤独对我是没有意义的，我只是为了赞美世界上有一个如此美好的你的存在。

而爱情，无论在谁的身上都是渺小的，但是人在它的面前会更渺小。这样的渺小让我绝望，这样的绝望又会形成我的直截了当。是的，我可以去看你一千次一万次，我可以优雅而不动声色地和你谈一辈子恋爱，但是命运无常，我生怕它吝啬这样的美意，让我走失在半路上，那样我会憎恨我的肉体，如果它从来不曾给过你。

当我如此爱一个人的时候，我并不知道错误已经形成。所谓的错误就是原本可以美好的事物没有找到美好的途径，而这个途径我明白我是找不到的，我甚至害怕找到，这样的不自信是一种虚无的自我保护。但是一个人是不愿意被长久地保护的，哪怕是自我保护。我得找到便捷的方式让自己在这样的保护里透一口气。

我曾经模糊而戏谑地喜欢一两个也许更多的男诗人，当然也许我会对女诗人更倾心，只是我自己没有发现而已。我们常常在一起嬉闹，我一直抱歉自己教坏了一群可爱的人：当他们优雅端庄说话的时候，往往是我一句话就破坏了那样的优雅，这些话里当然包括：去睡你！如果我实在难过，就会说：老娘去睡你。

那时候我喜欢的一个男诗人被一个漂亮而年轻的女诗人"挖了墙角"（当然到现在我也无法肯定这个事情的真实性，也无法肯定我喜欢他的真实性，我悲哀地发现我喜欢的男人都俗不可耐，我更悲哀地发现我无法打破这个咒语）。我不知道该去埋怨谁，最后还是恨我自己，恨我自己的丑陋和残疾，这样的循环让我在尘世里悲哀行走：一个个俗不可耐的男人都无法喜欢我，真是失败。

于是另外一个男诗人应运而来。后来我开玩笑说：你看我多么爱你，那么多人问我想睡谁，我都没有把你给抖搂出来。现在想想倒是我对不起他，没让他和我一起出名。真正的原因可能是我想睡他也不过说说而已，这感情到后来就不戏谑了，变得很珍贵，现在我是他远方的妹妹，他是我亲人，还没有见面，也不想见面。

我想说的是，到我真正相信他的时候，去睡你那首诗已经火了，可是它真的与任何人没有关系，包括我自己，我真的很失望。

我真的很希望世界上有一个人让我奋不顾身去睡他。

人性的下流才是人民的下流

　　我一直想看《金瓶梅》的原著,但是去了几次书店,贵得很。又碍于一个女人买"黄色"书,怕落外人笑话,竟过了这么多年,还没有一睹心中的"真神"。说来说去,无非里面对性描写得直接、裸露,用我的眼光看,说它下流也不为过。当然"下流"没有一定的标准,性的下流不过是小儿科,人性的下流才是人民的下流。但是我想一本书的源远流长绝对与它的"低俗"无关,它里面一定有别样的东西或气质。所有的一切都在我的猜测之中,它就有了几分神秘。

　　承蒙吴大作家所赠,送我这本《新说金瓶梅》,也感谢吴大作家给我的留墨和鼓励。通过他的书,我对这个故事的来龙去脉有了一个初步的,也是很清晰的了解了,所以我就瞎说一点我的想法和感受。

首先说一个作家写一本书一定是带有个人的观点的。个人的观点直接主宰了这本书的价值导向，吴作家是把它放在经济学的框架里，所有的人际交往的目的是为了"赚钱"这一宗旨，把人物性格分析得淋漓尽致，毫不留情。其实把《金瓶梅》放在经济学的框架里，同样出色。当然《红楼梦》同样也可以放在经济学的框架里，不要情感和人情的解析，有血淋淋的痛快和好看。由此想到吴作家改行做生意一定击败比尔·盖茨的。西门庆的原始积累完全依靠女人，没有他一个个老婆，就没有他的发迹。当然这也得靠运气不是吗？你再有能耐，没有女人缠你，你怎么办？所以西门庆是一个走狗屎运的人。什么样的人会走狗屎运呢？

　　1.生得潇洒。西门庆绝对是一个美男子。而"美"绝对是有用的，现在人说美男子是绣花枕头，有一点吃不到葡萄的味道。当然美人都是危险品，这个也没有争议，但在这里不在讨论之列。

　　2.保持一贯的优雅。这样的优雅多半是虚伪的，有目的的，但是时间长了，就可能达到目的。不过我看出了西门庆也的确是一个不错的男人，他的优雅也不是装出来的。在历史里，他是一个反面人物，但是反面人物身上还是有优点的，否则，他不可能成为"人物"。

　　我不想说作品的本身，也不说西门庆这个人。我就说

197

潘金莲。

潘金莲是一个耳熟能详的淫妇，所以这个女人一直站在人们的口水里，死了也不得安身。然而她是不是真正的"淫"呢？书里也明确交代了当时的社会风气——男盗女娼已经成为社会的主流，那是一个精神散落的空档期，作为一个社会最底层的女子，她不可能想到别的，吴作家一针见血地指出：她所做的一切就是为了生存。是啊，一个人如果连生存都无法持续，还谈什么尊严？意义何在？在那个男尊女卑的时代里，她怎么可能一如现代的女子有一份正当的职业养活自己？不能！所以只能依附男人，所以男人就不把女人当人，西门庆娶了六个老婆，还在外面阅人无数。

潘金莲本是一般大户人家的丫鬟，生得极其美艳，于是男主人想占有她——这不是轻而易举的事情吗？她有反抗的能力和资本吗？没有！但是女主人发现了，男主人惧内，又不想失去潘金莲，于是把她嫁给了租住在他家里的武大郎。看看，这男人的阴暗心理，是不是比风月场里女人的身体肮脏多了呢？

武大郎配得上潘金莲吗？有才？有貌？有爱心？一样也没有！想一想她的命运，我觉得心疼，她没有能力为自己做主啊。而武大郎和潘金莲之所以能够走进历史舞台，无非因为武松！打虎英雄，又去了梁山反朝廷，样样大事情。牛逼得不得了啊。如果没有武松，他武大郎算个什么东西？而潘金莲又怎么可能被人闲话千年?

嫁给了武大郎,她会开心吗?而且时刻要应付男主人,时刻被两个猥琐的男人揉捏,她会快乐吗?也许她无法说出内心的感受,也没有地方申诉自己的彷徨无助。

于是西门庆出现了,西门庆主动进攻,遇到这样的情况,没有人不动摇的,因为她的贞操已经被剥夺得一点不剩了,而为了武大郎守什么贞操已经很可笑了。一个人的贞操在有人珍惜的时候才是有价值的,而被浪费的贞操无非就是一个笑话。于是两相比较:

1. 西门庆帅,武大郎就不说了。

2. 西门庆有钱,武大郎卖烧饼的。

3. 在性方面,西门庆的经验可以打倒一百个武大郎。

感情的天平很快倾斜。几经周折,她嫁给了西门庆做了五太太。以后的生活和大多数小说写得就差不多了,女人多了,自然钩心斗角的,她一个没有背景、没有经济后台的人如履薄冰。于是想靠性来拉拢西门庆——自己的丈夫!甚至喝他的尿,想一想,何等心酸,只是害怕被他冷落,被他抛弃。设身处地地想啊,有没有更好的办法?

西门庆的六个老婆里,除了大老婆,个个不干不净的。好几个还是从妓院赎出来的。在同样的道德祭台上,不公平的历史把所有的污垢扣在了她一个人头上,不知道她该笑还是该哭？

对于西门庆，我不讨厌他，我始终对他有一种无法言说的怜悯，在他的生命构架里，他不是过错方。潘金莲不是，武大郎更不是。说到社会制度，我觉得也不是：一个完善的社会制度同样会被人踏出无数缺陷，更多的人依然会死在这个缺陷里。

幸运的是他们都死去了，而在人们舌尖上战战兢兢过了几百年的潘金莲想必也不把人们的口水当回事了。

许多事情无法给我们展现明确的是非观，甚至有些时候，人性也是空缺的。人性空缺的时候，我们的种族面对的是更大的牺牲。潘金莲是活活地牺牲给我们看，甚至不给自己留一个翻案的机会。如同神话里那些让自己的魂魄毁灭的人，他们在轮回里永远不复存在。

手 谈

嗯，的确，我们都被现代化的科技教育成了文明人。最初说自己是文明人的时候还象征性地脸红一下，不过没红几次就把这个习惯给忘记了。当然这也没有什么错，能够被忘记的肯定都不是好东西，比如坏人，就没有谁愿意费心思地记住的。

所以脸红的习惯一忘记，我们就真正成了文明人了。比如我和他：明祥。自从认识他以后，我在文明上似乎更上一层楼，变成一个文化人了。当然一般情况下，文明大于文化，即：文化包含在文明里面。但是对于已经文明了的人，我们需要做的是把文化做大做强。当然凡事都须从小事做起，万丈高楼平地起。

文明要渗透到生活的点点滴滴，文化得关照到一个人的饮食起居，既然连卫生间的事情都关照到了，精神方面的事情就更应该关心到了，尤其在吵架方面。吵架的时候，最能体现两个人的文化程度。不过我和明祥吵架的时候不多，这虽然有一些遗憾，但是也没有影响人类文明进步，所以也没有什么叫人不安的。偶然吵架的时候也是极尽文明的：从来不泼妇骂街，大声嚷嚷。泼妇骂街是从前的事情，那是文明走到那个地方不小心打了一个结。现在，科学的发展把这个结给解开了。

我们吵架的时候无声无息，没有任何事物受到我们的影响，花开花的，草绿草的，蜜蜂和蝴蝶纠缠在一起，一种甜蜜包裹了另外的事物，仿佛甜蜜也是可以被模拟的。我们没有影响任何事物就把架吵了，我们是值得点赞的文明人。

嗯，到现在你也应该明白了：我们在网上吵架，在微信上。当然微信也是可以发语音的，但是为了顺应文明的发展趋势，我们也从来不干这么缺德的事情，而且隔墙有耳，听见一个人在房间里大声嚷嚷，人家一个电话，就会被关到疯人院去了。

比如我胡搅蛮缠得他不耐烦的时候，他就会说：好好说话。我就问他怎样才是好好说话，难道我不是用嘴在说话吗？难道我说的不是好话吗？难道你说的是好话吗？难道好话还分男女吗？难道你有性别歧视吗？你有性别歧视为什么和我交朋友，你心术不正吗？

他发过来一个抓狂的表情，他也许是真生气了，如果他真的在我面前生气会是什么样子呢？把我像提小鸡一样提起来，然后按到一个小酒馆里猛灌我酒，然后再听我更加嚣张地胡言乱语。想到这里，我咯咯笑起来。

你居然抓狂？你居然敢在我面前抓狂？你的指甲长吗？如果没有指甲你怎么抓狂？你欺负我看不见你就骗我？你是在抓你脸吗？你那脸也真需要认真抓几下整整容。你看你那张脸，你还敢在我面前生气？你以为什么人都配生气吗？

好了，好了，是我不对，你这机关枪也太吓人了吧。安静，安静，别人听见了多不好啊。

我想没有人听见啊，谁这么无聊来听两个人吵架。我只听见一只公鸡把几只母鸡引进了院子，鸡有鸡语，我还不具备参透它们语音的能力。后门口的梨树正在开花，可以听见它们打开的声音。梨树的花和桃树的花打开的声音是不一样的：梨花的声音优雅一点，不紧不慢的，反正是要开的，反正开了是要结果的，结了多年的果已经没有新鲜感了，所以不妨自己懈怠一下，就是懈怠着，也开了满满一树花，它不屑于投机取巧的。

桃花开得热闹一些，浪潮一样"哗"就打到了你的面前。好像一朵花就可以翻天覆地，所以一分一秒都妖冶到极致。比不了梨花的大家闺秀，最终要修成正果的决心，桃花开的时候就单单为开而开，心无旁骛。这样的勇气总是遭人嫉妒没有好下场，所以风专爱卷桃花，一夜后，就遍地落英了。但是我想桃花根本也不会计较这样飘零了。

所以我和明祥吵架吵得如此分心,根本不是专业水平。我听过了这些声音,发现和他的架还没有吵完,但是又不好意思继续下去,就问他:干啥呢?他说:写诗呢,好久没写了手生了。

我就不说话了,我知道如果在他写诗歌的时候我还喋喋不休,他一定会拉黑我,那就太没面子了,当然我一般很舍得面子的,偶然想起来不能过于大方,就还是注意一下面子。不过我这四十岁锈迹斑斑的面子别人一般也不忍心扒下来了。

我们基本上不谈诗歌,这是好诗人的基本素养,我很庆幸我交到了一个和我有同等素养的诗人,所谓没有同样的臭味还相投不了,我们的臭味就是豆腐乳的味道。诗歌的确没有什么好谈的,谈来谈去还是诗歌的模样,又不是弹力素,能弹走鱼尾纹。

偶尔谈谈情。谈不几句,他就一声"妹妹",叫得我毛骨悚然,赶紧戒备起来,做好打怪兽的准备。一般打死怪兽的都是机器人。最近网上的阿尔法狗出尽了风头,把所有的围棋高手打得落花流水。于是人类担心了,怕不远的将来,机器人把活生生的人搞死了。反正我从来不为这个事情担心,等机器人能够搞死活人的时候,我也许投胎也做了机器人了。明祥说:杞人忧天,我把电源一关,我看你还怎么折腾!你看看，多么朴素的道理，多么聪明的朋友，我在心里为他点了250个赞！

我不会下围棋，我觉得那不是一个做爱都催着的人干的事情。360个子儿生生逼出人的密集恐惧症，我可不想身上再多一种病症。所以呢，我这么简单纯洁的女人一般就玩简单的，比如诗歌，比如象棋。

朋友圈的人都知道：我在省运会的象棋比赛里得了第三名，好像很牛逼的样子。其实那是女子组，而且是残疾女子组，而且比赛就两个人，本来我可以得第二名的，又怕以后人一见就说我二，所以就告诉人家我第三名了。小三，听起来不错，不是谁都有本事当小三的，至少你得漂亮啊。

所以我怀着万分的思念去长沙的时候（具体我也不知道自己在思念谁，因为除了明祥，还有两个老年妇女之友的中年男人），我们聊天聊得好好的，聊得长沙的春风不仅扑面，而且扑胸，隐约觉得春天里到处都是干坏事的人。这个时候，明祥摆出了象棋。周围的人起哄：搞一盘，搞一盘。感觉像张杰和谢娜站在舞台上，粉丝们喊：亲一个、亲一个一样。

我知道我死定了。我这水平只有死才比较自觉。我暗想：要死就死在你手里，要丢人就丢在你家里。所以基于对明祥的爱，我根本没有用力就把面子剥下来丢到十二层楼下了，这感觉基本上等同于下地狱的愉快。

果然:他第一颗子就炮二平五,毫不客气地架起了当头炮,一副置人于死地的模样,反正我已经准备死了,而且周围一圈男人,我不分心似乎对不起大家,所以破罐子破摔,输得惟妙惟肖。

　　明祥吹他象棋还是八岁时候的水平。那时候他老家养着黑压压一群牛。

冯唐说：人就要不害怕，不着急，不要脸

　　首先，我不是冯唐欧巴的粉！虽然我一直希望成为他的粉，虽然我觉得成为他百万粉丝大军里的一员将是莫大幸福，虽然我一直在努力奋斗成为他的粉，但是苍天不公，我至今没有获得这个殊荣。当我夜半面壁思过忏悔人生的时候，这也是我忏悔的一个重要方面。我小心翼翼地加了冯唐的微信，诚惶诚恐地不敢和他多说一句话，我说如此仰慕他，生怕我说话时候污浊的口气熏着了我的偶像。

　　某一个难熬的夜晚，我在朋友圈里打转。我一向干净而旺盛的荷尔蒙在人生的沼泽里越陷越深，人生的挣扎如同一个人在沼泽里拔河，越用力就越死得快。当然反正是要死的，有时候挣扎也是为了取悦自己。我在朋友圈的沼泽里偶然看见冯唐发的这九个字，咱的冯大师说这是他的九字真言！我一下子

激动万分，身体如同有强大的电流穿过，人生的光芒一下子照亮了我，让我身心愉悦。

特别是最后三个字：不要脸！金光闪闪的三个字如同佛的手印一样盖在了我的天灵盖上，我真有了被神洗浴后的脱胎换骨。你可能觉得我这样说多少有一点哗众取宠的味道，但是生活或者文字给我们的启发并不是它的高深奥秘，而是某一个时间点你的心神已经到达了开悟的水准，就差一个契机。而油腔滑调的冯唐很荣幸在这个时间点上给了我一个牛逼闪闪的启发。我觉得我认识冯唐就是为了这么一个瞬间，故：为了报答他，我准备回去好好读《万物生长》。

当然冯唐一张破嘴，什么样的好道理都被他说得不伦不类。（他的粉丝会朝我扔臭鸡蛋不，如果他们知道我就好这一口。）但是道理都是说给讲道理的人听的，我非常不幸地成了这个讲道理的一员。作为一个讲道理的人，首先是客观的，公道的，如果我有一点献媚的意思也是情有可原的。（佛陀在我心，浑身放光明，此处应该有一张华丽丽的我的媚照。）因为我们什么时候都需要通过事物表面看本质，我们不能因为冯唐是一个油腔滑调的小白脸就觉得他说的东西都是五颜六色的豆花屁。

首先：不害怕！

当然冯唐没有说明不害怕什么，就是说什么都不要害怕了。人其实很不容易克服自己的恐惧，即使生活一马平川的时候，我们依旧对着无垠的时光充满了恐惧，患得患失会让人对自己变得不自信，对未来的不了解总是让人恐惧。所以我觉得人生圆满的第一个条件就是不害怕，无忧。

为什么会害怕，其实是缘于我们对人生和对事物的一知半解。不解尚好，无知就没有害怕。懂得也好，知道事物必然会发展成那个样子。最要命的就是一知半解了，模模糊糊感觉事情会变成那个样子，但是不知道变成那个样子以后应该怎么办。所以我们的知识就是为了解决我们的恐惧，而我们的认知好像一直满足不了那样的需要，所以新的烦恼会产生新的不安，没有穷尽了。（当然我也不知道有什么办法，不然我会开一个"恐惧解决公司"，那样就发财了。）

当然冯唐的意思应该不是这些，不是对终极意义的思考和探索，他说的应该是当生活里出现我们意料之外的事情时不要害怕。他说的应该是拒绝理性思考之后的任性和自信。有一点孔乙己的精神，而孔乙己的精神恰恰是我们欠缺的。爱情来了不要害怕，好好享受，因为它会逝去；爱情走了不要害怕，因为天下乌鸦在，男人就在；事业失败了不要害怕，因为还有新的机会，而人生是注定充满坎坷的；一无所有不要害怕，因为人都是从一无所有开始的。反正怎么都不要害怕，大不了重新再来。

生活里我们看到的成功的人都是不害怕的人，他们知道不是所有的机会都青睐自己，但是从来不会放弃每一个机会。等到上帝不忍心再作弄他的时候，门就打开了，旖旎风景澎湃而来。

然后：不着急。

我不知道冯唐最不着急的是什么，如果某一天他面对心爱的女人无能为力了是不是也不着急。当然他也许会说：多大个事啊，说明我顺顺当当地过到了老年，人生那么多意外，能够涉险而过就不错了，不过他说这话的样子就变成了严明。

不着急是从不害怕的人生态度上提到了人生修为。现代的生活节奏加快了，人们总是一副急吼吼的样子，好像迟一步，本来属于自己的东西就会被别人抢走一样，但是世界上哪有应该属于自己的东西？我们不过都是在互相掠夺。但是不属于你的东西就算得到也还是会失去。活得自在的人都是从容的人，他们的心态和平，计较得比别人少。

其实在我们的文化根基里，不着急是在完成一种大智慧后的大智若愚，比如孔子，更突出的是庄子。孔子在杏坛上讲的就是：不着急。"生而不有，为而不恃，功成而弗居。"当自己做成了事情，依旧不居，这是多么从容的气度啊。

最重要的是，当我们身处逆境的时候，当我们看不到希望的时候更应该不着急。普希金说：不要悲伤，不要心急，忧郁的日子需要镇定。相信吧，快乐的日子将要来临！其实，我们不会被生活欺骗，更多的时候，是我们欺骗了生活，而生活总是会原谅迷路的孩子，给我们新的机会。有时候你会觉得自己一事无成，其实是生活让我们短暂休息，或者我们需要这样的经历。这样的时候，你会不会反思自己，会不会多做准备，准备做好了才看得清到来的机会。

最后：不要脸！

你也许会说，这个谁不会啊？学不了高贵，学贱还不容易吗？但是你就是学不会。一份简历你投了几百次都投不中，你会泄气吗？你泄气你就完了，你只能死皮赖脸地一直投。你写诗歌，写了好多年依然写得不好，你会放弃吗？（当然诗歌这破事，放弃也没关系。）一道几何题你解了一下午也没有解开，你心灰意冷吗？你放弃的东西就是你可能达到的远方。

冯唐大师说的不要脸就是坚韧不拔，坚持不懈，金枪不倒（这个词语自己冒出来的，不怪我。主要是因为我博学多才，曲径通幽），你看看那些成功的人都是脸皮特别厚的人，为了谈成一个项目，把人家的门槛都踏豁了。人只有集中精神想做成一件事情的时候才会百折不挠，不管不顾地朝一个目标奋斗。最后人家要不是被你磨得不耐烦了只好答应你，或者真正被你感动了，觉得你是一个信得过的合作伙伴，反正你的目的达到了。

人能够为了自己的理想而不要脸才是真正的勇士，那些嘲笑的看客也不过只有看客的本身，他们不可能站在舞台的中央接受赞美，当然也没有接受鄙夷的能力。在凤姐的微博里，看到每天都有人骂她，我实在没有看出来他们有什么资本去骂凤姐。而凤姐一直气定神闲，完全不放在眼里，怕是看得懒得去看那些评论了。而在凤姐努力学习英语的时候，那些可怜虫就把时间浪费在无聊的谩骂里。

所以当我领略到冯唐老师九字真言的精妙时，我五体投地。感觉自己何等幸运，能够认识如此博学的人生导师。所以这几个字就成了我的座右铭。有了座右铭，人生就没有缺憾了。

造访者

　　我根本没打算见他。我的心情决定了我们见面时候的不愉快。人不可避免有厌倦的时候，而我已经维持了这么久的热情，包括一些不必要的热情。当然没有人能界定不必要的热情是什么热情，只有当你觉得它没有必要的时候，它才是没有必要的。如同"下流"这个词语，只是存在于一种关系里，只有你觉得它是下流的，它才是下流的。当然如果没有厌倦，我还是不想见他，我对他的排斥是先天性的，没有道理的。

　　他在 QQ 里给我发了很多信息，我都没有回，他以为是我没有看到。其实我看到了，但是我就是不想回。后来他说他已经订好了来看我的火车票，我才告诉他，恰恰他来的那天我要出差，而且需要三天的时间，他犹豫了一下，说：还是要来，在我的小镇上等我回来。我在想，如果换一个时间段，换一个人，也许我就会感动得一塌糊涂，但是，对这个没有见过面的陌生人，我已经有了反感。

回家的那天下午，爸爸给我打电话，说家里来了一个人，在等我。我说我知道。回到家的时候，是晚上九点钟了，看见一个还算帅气的中年男人坐在上席喝酒，以前我们在 QQ 里发过照片，对他的长相有一个大致的了解，还好不是一个邋遢的人，多多少少减少了我的一点厌恶。我说：梁老师，你好！

他不停地感慨：余秀华呀，余秀华呀！好像他从来不认识我，好像我是一个怪物一样。当然我不是怪物，只是我觉得即使是怪物，这个时候也没有什么羞耻的。在一个不要紧的人的面前，不管是什么都没有羞耻，因为与他没有关系。如果我感觉自己是与他有关系呢，我也就不会觉得自己是个怪物了。

他亲热地拉我进屋，像这里的主人，客气地拉开椅子扶我坐下，如同一个绅士。他还是不停地感慨：余秀华呀，余秀华呀。说我比在电视上看到的白，而且比电视上漂亮。我说：谢谢梁老师夸奖，其实我本来就很白的，只是以前干农活的时候晒黑了。他问我：你认识我吗？我说：不认识！有时候我说话他听不清楚，当他再问的时候，我决不会重复第二遍。世间没有那么多重要的东西需要重复，何况是消散得比屁更快的话。

爸爸说，我回来之前他已经喝了一杯白酒了。在我和爸爸的印象里，山东人都是能喝酒的，我们都见过山东的小记者们在我家豪饮的场景。而他刚刚才喝了一杯，小意思嘛。我承认我也是一个好酒之徒，我也因为喝酒丢了几次人，还让一个小气鬼以我没有节制的借口把我删除了。我不知道我节制不节制的和他关系多大，我也不好意思说他是因为妻管严而造成的杯弓蛇影。反正诗歌是各写各的，又不需要抱团取暖，删除就删除，而且他也不是小鲜肉。当然，即使是小鲜肉，也是别人的，我感觉最近牙齿有些松动。

扯远了，我是说我也喜欢喝酒。我看见过许多女诗人抽烟，与她们制造的环境污染相比，我喝酒的确是绿色环保了。而且我从来也没有抽烟的欲望，喝酒可以浇愁，不知道抽烟有个什么用途。我爸爸对我的心疼还体现在晚上给我一瓶冰镇的啤酒。他知道我喝啤酒没问题，是把它当饮料喝的。我一路奔波，喝酒就格外香。其实一个人要戒酒也是容易的：就是不动情，不恋爱，不恋爱就不会失恋，不失恋就没有痛苦，没有痛苦谁还喝酒呢。

我喝酒的时候，梁老师对我爸爸说：大哥，你再给我倒一杯酒，我和秀华一起喝。我暗想，他管我爸叫大哥，我们是什么辈分呢？算了，也许山东人豪爽，喝酒的时候，什么大爷二舅的都统一是大哥了。不过他这个年纪，叫我爸大哥，我爸也没有亏多少。他喝酒倒是干脆，一杯一口，干净见底，一点都不拖泥带水的。爸爸说：梁老师，你慢点喝，吃点菜，这样容易喝醉的。

梁老师说：我们山东人喝酒就是这个样子。我去，你这山东人除了浪费酒，自己把自己搞醉以外，我硬是没有从中看到豪爽的成分。当然我是近视眼，而且脑瘫限制了我对事物的判断能力。一杯喝了，他又要了一杯。爸爸担心他喝醉，就不想给他喝了，但是盛情难却，不给就显得自己小气了。

梁老师回忆起我们前几年认识的事情，说我当时发给他看的小鸡的图片，说当时我们的感情多么好。说他知道我一定会出名。问我还记得不？我说我只记得你和一个女人一起骂我，我只记得你骂我了，还说自己的博客账号被偷了！梁老师说我只记得恨，我说：我只想规规矩矩做一个小人！

梁老师问：你希望我走么？我说：我觉得你应该走！然而梁老师深情款款地说：我今天不走了，我要和你一起睡，睡在你的床下，像一条狗一样好不好？我就这样和你聊天好不好？

母亲的遗像在上，我心里控制不了地奔跑过一万头草泥马。这世界上，我什么鬼都见过，就是没见过这样的鬼！我指着他说：你给我闭嘴！本来应该有一个"麻痹的"在前面，但是我一生气，就把"麻痹的"给忘了。梁老师说：我不闭嘴，我今天就要和你睡在一起！

开始我问他，是不是专门来看我的，他说不是，还有事情要谈。我看他这个样子，就丢下了他，一个人跑到月光里散步。

等我散步回来，已经不见他了。我和爸爸在屋外的香樟树下找到了他，他已经醉得像一头死猪！爸爸想把他扶到家里睡，但是扶不动，就打电话给邻居，两个人一起把他拖进了屋。把他丢到我儿子床上，他就吐在了床上。

第二天，他回家了，我给他发了个微信：梁老师，我以后再也不想见你，希望你再不要来我家，我也不会和你合作任何事情。

然后拉黑了他。

我爱我是我，他是他，
我最爱的是我已经成为了我，他也成为了他。

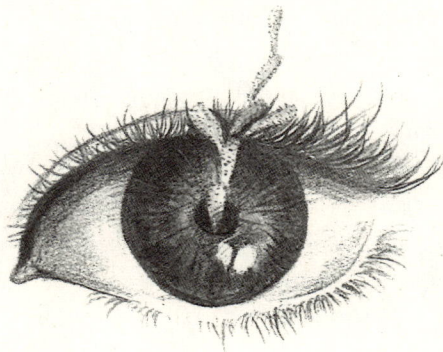

我们歌颂过的和诋毁过的

突然想到这句话，是在武汉的天河机场，春节前夕。我已经记不清多少次来这个地方了，轻车熟路：它厕所的位置，商店的位置，书店的位置我都清楚。我还清楚几个商店主要卖的几样商品，哪一个商店里有我喜欢的咸鸭蛋，哪一个商店有酸奶，当然它们都贵得可以上天。如果不是饿得爬不上飞机，我是不会在飞机场买东西的，每一次买，都有上天的感觉，这不是飞机能够带到的高度。好在书店里的书还不是贵得离谱，主要是书上标定的价格不好随意改动。在中国，能够明码标价出售的东西已经不多了，幸运的是书籍所代表的文明是光明磊落的。

按照阳历，就是新年的第五天了，我的文字也将归于新一年的文件夹。但是我从来闹不清我的思维，我对周围事物的看法属于哪一个时间段，它是这样模糊不清。而我也从没有把它划分一下的愿望，没有旧年的总结，也无新年的计划，我就适合这样的浑浑噩噩。那些把新年计划做得丝丝入扣的人会让我产生一些恐惧和嫌弃。我总觉得生活不是能够计划来的。而生活到底是怎么来的呢，思考这个问题，如同棋盘上的一颗卒子思考整个棋局布局的问题，显然费力不讨好。一颗卒离将最远，脚步最慢，但常有把将置于死地的时候，它的成功一般都是无心之举，顺其自然就是顺应天命。谁是能够完成天命的人，总是到最后才能知道。

有几天，我什么也不做，一个人坐在房间里发呆。当然我觉得一个人坐在自己的房间里发呆和坐在飞机场发呆其实是差不多的。如果不是担心飞机飞了，心里的环境和在房间里好像也没有太大的区别。那时候我在想一个人是怎么老去的呢？人的皮肤是如何松弛的，他的眼皮是在哪一个时刻垂下来的呢？甚至他心里的许多欲望是在什么时候不动声色地消减的呢？时间。把这些都笼统地归罪于时间。是的，没错，但是我依稀觉得这还是简单了，投机取巧了，但是到底是怎么回事呢？我是没有能力把它说清楚的。

当我什么都不做，什么时候觉来的时候就睡，惯常的生命习惯暂时被搁置起来，对外界的关心也少了，和世界的联系不过是一种关系，当这样的关系也淡了，那么能够影响我的会是什么呢？时间吗？我怎么感觉时间在有用的时候才是时间，它的意义在于它的运用，如果没有被运用，它是否还存在呢？东野圭吾的《解忧杂货店》写的虽然是一个虚幻的推理故事，但是时间真的就没有另外一个维度吗？它的流速是永恒不变的吗？我觉得没有那么简单。但是又没有能力把它讲明白，真是一件伤心之事。

一个人什么都不做，就会进入两种思维：一种是胡思乱想，这是一件快乐的事情。没有人不会胡思乱想，除非是傻子。但是傻子未必就没有这样的思想活动，因为我嘛不是傻子，无法知道。除了胡思乱想，就是回忆，显然回忆比胡思乱想要费脑力和心力，因为回忆里参与了一个人的感情，甚至超过了曾经的情谊。生活总是平淡的时候多，平淡是生命的底色，是生命的基座，这样才是符合情理的：大海上波涛汹涌，但是波浪下面几千里都是平静的。生活的本质是水，而非水形成的波浪。

偶尔思索过去两年的日子。说人生如戏终究浅薄和懒惰，怎么说都感觉欠缺了一点，毕竟生活说之不尽，如同诗歌能够表达的不过人类感情的几分之一。我总是在想一种生活状态的因果关系，但是如果生活由上帝安排，而上帝恰恰是和我一样随心所欲、不讲规矩的人，这就没有可说的了。我的思索恰恰基于对生活的信任，没有道理的信任，恰如没有道理地喜欢一个人一样。可是这样的思索一开始就受阻，你无法沿着一条路走下去，一开始就有分叉，越往后，分叉就越多，如同八卦分出六十四卦一样，但思索里的分叉何止六十四呢？

不可能把所有的分叉一一规整起来，也不可能跟随一个分叉走下去看透它的来龙去脉再回来跟踪另外一个分叉。我有如此多的局限，而且困在这些局限里不能自拔。聪明的人会找到某一个方式完成虚拟上对自己的救赎，而我却连这样的一个方式都没有找到。我不停地写诗歌，仿佛是我在救赎什么东西，而没有一样东西可以救赎我的。当然我也不知道救赎完成以后会是怎样的一个状态，许多东西都是似是而非。当然我们需要的就是似是而非的救赎。

一个人的一生里总有一个相对特别的时候，比如去年我认识了很多人，我从来没有想过我的一生里还会认识那么多的人，我也从来没想到他们尽情地赞美我，也不遗余力地诋毁我，赞美我的有我认识的和不认识的，诋毁我的也有我认识的和不认识的，来龙去脉就不必仔细交代了。我就这样产生了我预想之外的和这个世界的关系，而且关系如此繁复和庞大，人的快乐和痛苦都是因为和世界的关系，萨特说：他人即地狱，如果不和别人发生关系，痛苦就没有了。而关系的好坏取决于关系的质地，好的关系不容易维持，坏的关系太容易到来。

有一个人，我们从来不认识，而且以后也不可能相见，但是他这两年不停地骂我，对我的言行挑三拣四，仿佛天下的规则都被我违背了。从我的诗歌开始上升到我的人品，再上升到道德，我就成了一个被天下人唾弃的没有道德之人了，真是一件可怕的事情。但是当我关起门，甚至不关门的时候，比如我从飞机上下来，在贵州的一个风景区里，拉开玻璃房间两面的布帘，苍翠的山色拥我入怀，我在这样的房间里喝茶、发呆，他的诋毁如同挂在某一棵树上的黄叶子，在风里摇摇欲坠。

我想我们都可能是被关在一个透明的房间里的一个人，甚至是猴子，我们想把布帘拉下来隐藏自己不受伤害，但是如果拉下布帘，又看不到美好的景色。当一个人完成了自我的研究和探险，他更愿意拉开布帘去冒险。布帘拉开，山色进来，但是跟着山色一起进来的还有各种各样的东西，比如还在施工的机器的轰鸣，比如一只狗因为分不清敌友而不停地叫唤，比如因为我和这个地方的人的身形的不太一样而引起的围观。他们像我对这个世界的好奇一样产生了对我的好奇，如果我做个鬼脸甚至就会引起敌意。友谊需要一个培养的过程，而敌意简单又不需要判断，所以它更适合大面积土壤的生发。

每一个人都有隐匿的快乐，不然他不会在这个世界上长时间存在。我想如果一开始我就在一个没有任何人知道的玻璃房里，我的喜怒哀乐不会被任何一个人看见，我将会是一种什么样的状态？昨天在网上看到一个一百四十三岁的美国老人，也许是英国的，他说他长寿是因为孤独。他说他早就想死了，但是孤独让他一直活着。我在想，如果一个人活到生和死没有什么区别了，就不会想去死了，因为生死没有了区别也就失去了意义。意义存在于区别之上。我们来到这个世界上的一项工作就是区别于他人。但是区别又会产生赞颂和诋毁，仿佛一种游戏规则，除非你不具备这个区分，除非你从生到死一直在一个无人问津的玻璃房里。

但是从另外一个角度看，人其实就是从生到死都是一个人走在一个玻璃房里，没有人来观摩你，没有人知道你所坐的位置，没有人对你的言行和思维发生兴趣，因为这都是你自己的事情，和任何人没有关系。因为他们要不和你一样在一个玻璃房里迷惑于和你相同的问题，要不就是穷极无聊地去看另外一个和你一样关在玻璃房里的人或者猴子。有时候当你想和世界发生关系的时候却是一种被拒绝的状态，因为这个世界是任性而没有逻辑的。参差和婆娑都是这个世界本来的样子。有时候我们想把自己做贼心虚的规则放进去一点点，发现也是不可能的。

一个人活着好像就是为了和什么人产生关系，所谓的关系网越大，他能够活动的范围似乎就越大，人们整天为这个网在费心思，人们相信有一个美好的网，世界也会因此美好起来。于是就想到了人生何为？我们到这个世界上到底是为什么，我们需要做什么事情，什么样的生活方式才是被接受而且不会被抛弃的呢？我对生命没有足够的认识，这是我常常受困的原因。如果说生命是自然循环里的一个阶段，我们除了顺其自然，其他的努力是不是都是自己的娱乐行为？但是人不可能没有娱乐行为，而这样的解释似乎又过于浅薄，不能让人信服。

就是说一些人把对另一个人的诋毁当成了自己的娱乐行为，他甚至没有别的路子给自己快乐了，但是这样就妨碍了别人，妨碍了别人的东西都可以被上升到道德的高度，就是说和别人发生关系的事情都可以上升到道德高度，反过来说道德是产生于各种各样的关系里的。也就是说关系开始坏起来了，坏起来的东西就需要约束。但是有时候，人是被娱乐的，被自己娱乐的，比如我和那个人从来不认识，他却觉得我破坏了他原有的道德观念，但是他是不是真的有一个好的道德观念，这是谁也不知道的事情了。

但是如果从我的角度而言，如果我不在乎这样的诋毁，也就是否定了和他的关系，当然否定的是从来就不存在的关系，是他强加给我的关系。换言之，如果一个人不认可另外一个人给他的关系，这单方面产生的关系是不是就不存在？但是不存在的关系为什么会造成这么严重的影响？比如现在有一种现象叫网络暴力，一个明星如果发生一点生活上的问题，辱骂他的诋毁他的又何止于千千万？但是他们和他有什么关系呢，他们强制建立起来一种关系，强制把自己的看法、怨恨，甚至恶毒的辱骂强加给他，这又是为什么呢。

一个很小的善因为支持的人多了就会形成大善，比如那些众筹，那些为什么人捐款的事情，所以一个很小的恶存在了，也可能形成很大的恶，善恶都是人性的东西，而人性的东西最容易膨胀。为什么会膨胀，因为人们的心太急切，一旦急切就会失去有效的判断，如果是与自己没有关系的人更没有耐心去判断了，不是大众没有修养，而是修养不够。所谓的修养就是把自己的善良始终呈现给和自己有关或无关的人。

其实我也不愿意别人一直赞美我，过多的赞美总是让人感觉虚幻不实。但是也许我的诗歌的确带给了别人感动和喜悦，他们的赞美是真心实意的，但是我觉得赞美是刻意缩短了这样的距离，不符合我的人情交往心意，所以我对这样的赞美始终有一种说不清楚的警惕。赞美和诋毁如同蜜糖和砒霜，都不适合人寻常的饮食习惯，幸运的是这两样东西我们都是可以躲避的。当我受不了诋毁的时候我就躲起来，这只是信息而非真正的人身伤害。人其实是当他作为最自然的人的时候是最快乐的，也就是说人破除了自己的社会属性而回归自然属性的时候是最快乐的。我想这也是人得以生存和繁衍的一个重要原因。

你可知道我多爱你

一个人的花园

　　秋天到了。在路上行走的人关心，并与之融合的是道路本身，是计划之内预想之外的风景，是自己主动和被动之间更紧地回缩，是回缩之后面临的更大的距离和空间，是总以为在下一个地方能够找到自己而总是找不到的遗憾和很快又升起的希望。比如这个时刻，又一个立秋之日，那些在路上的人还没有回来，而另外的人则踩着秋风上路了。昨夜，还是读与我同龄的一个人的书，他现在在武汉有了一个安稳的居所，在狭小的房子里看着窗外的灯火，该是偶尔恍惚——身份的可疑完全不给他能够消减的事物：烟，酒，茶。哪一种事物不是被人用到颓废，用到透支而又别无他途？他此刻在用什么抵御着自身的虚无，抵御着时间带来的种种幻象？我见过照片上的他，剪着现在很流行的发型，我看不到他现在的脸，过去的照片也有一种无法形容的仓皇：稚嫩，沧桑？也许都有。我刻意逃避着与他的交流，语言本身就是破坏，我们辛辛苦苦搭建起来的虚无之境无非一张锡纸，一个不合适的标点就能把它戳得面目全非。

想着他面对一城霓虹，这水里倒影般的盛世能给他什么温暖？他依然会看见在明晃晃的路灯下迷路的人。迷路最多的不是孩子和老人，而是和他，也和我年纪相仿的人。我们总以为灯光把背上的大山留一堆影子在地上，山就会减轻它的重量。我们也以为只要走过一个城市纷乱的霓虹，就能遇见"诗和远方"。那从远方狼狈归来的人是他们，我们会成为意外，成为可能。他，也是从远方归来的那个人，他爱那些在骨肉里正种下"远方"的人，他无法把谜底说破，也不能给他们安慰，他沮丧。但是这样的沮丧却是本可以抵御的：如果没有搭建幻象的力气，也不会有落到实地的勇气。只有眼前不停晃动的霓虹，让他找不到夜，找不到可以休憩之所。到现在，我猜想，他也许和我一样，把肉体放在这动荡的尘世上，放弃了对安稳的追寻，而在摇晃里伸手去触摸生命的本质。

但是没有那么容易就能够触摸到什么，何况是"生命的本质"。也许本质也是根本不存在的，我们在已经待了几十年的骨与肉、血与水的身体里还眼巴巴地寻找着"生命的本质"，这是有多厌倦自身和多彻底的否定才会在看得见的肉身之上寻找看不见的东西？而且不仅仅只是厌倦，是在厌倦里努力地存在，忘我地存在，这执拗的存在必须要深渊般的怀疑来匹配。深渊般的怀疑和深渊般的爱情一样可遇而不可求。是的，可遇，他遇见了，他是一定会遇见的。宇宙里布满了一个个黑洞和隧道，在所有的被偏执的事情上：他在文字里给自己凿了一口井，越凿越深，这是他没有办法抗拒的事情。他不知道更深的井下还有什么，是星光还是古墓，这些都不重要了，他阻挡不了自己不停地往下挖，直到水淹没到了他的脖子，他逃。他却没有方向可逃，他身体里有无数个自己奔向四面八方，同时他又想把这奔向四面八方的自己都找回来，于是，他也成了踩着秋风上路的人。

读书到夜半，雨敲打遮雨棚的声音大了，起床到阳台上，雨风扑面而来。走到阳台边，看几盆多肉是不是淋着了雨，伸手试探，雨珠被风裹挟着不停飘落在几盆小植物身上，想是没有直接打着它们，便也懒得搬了。每次下雨，我都会担心地起来看它们，但是每次都懒得搬。这几盆小东西虽然长得不情不愿，但是也都还活着。当它们习惯了对我的失望以后，便自己顾命了。如果它们了解到自己的卑微以后，是不是更要不要命地活下去呢？一棵植物要活多久才能积攒一点灵性能够冲破自己的麻木？但是冲破了以后呢？不，不管怎么说，冲破就是好的，哪怕意识到自己的卑微和随时可能的夭折。不管怎么说，它具备了自己的灵性，有了一个"自己"，有了自己，就有了和其他事物的区分。比如这棵叫"赫拉"，它的叶片比其他的多肉硬，因为我没有给它充足的水分，所以它生长缓慢。赫拉有了自己的名字，有了自己单独的小花盆，就是有了"自己"，一个不同于别的植物的自己，这是至关重要的。我们不停追寻的今生，不就是在寻找自己，把自己从人群里区分出来，为了别人找到自己，更是为了自己能够找到自己。比如踩着星光出游的他，在陌生的山川里行走的他，在陌生的旅馆里等候文字光临的他。我们不知道在什么时候丢了自己，丢了自己的哪个部分，甚至是不是真的丢失过，还是自己的幻觉，但是没有办法，一只脚已经迈出去了，一只迈出的脚对沉重的肉身是一个诱惑，无法抗拒的诱惑，如同怀疑的旋涡一旦形成，它也是一个巨大的诱惑一样。

　　而此刻的我，半夜立足于一个乡村自家阳台的我，仿佛把一个旋涡还原成水，或者是把我自己还原成水。就是把一个旋涡拆解了，把一段凶险的文字拆解成一个个字，它就没有了危险性，没有了搭建之初的企图和搭建之后不可估量的发展。此刻的我就是一个温顺地摊开了双手却什么也不等待的人。雨水覆盖了一切细微的声音，但是不用担心，它们从来不会消失。雨水退去，它们就会包围过来，如同把刀抽走，水就会填上。其实雨声是把所有的声音汇聚起来成一种具体的声音，因为具体而可触，因为可触而抵消了孤独。孤独是一个人站在院子里摇摇欲坠但是什么也抓不到手；是脚底的世界被抽走但是又没有营造一个新世界的土壤；而且还不仅仅如此：孤独是如此不可言说。孤独是水在寻找水的本身，它不知道什么时候找到了还是没有找到。孤独也是一个危险的旋涡，但是总是有人在拆解这个旋涡的时候弄出虚张声势的声响。但是我，一个和他同年纪的人，对于孤独常常超过了对世界其他事物的柔情，如同圈养一只狐狸。

终于睡去，万千挂碍也要片刻休息。万千挂碍也要一时沉寂，以换得一个更好的身子拨弄世间逐渐沉寂的虚空。在梦里，我循着一个人的脚印往前走，大雪纷飞，但是不肯埋掉他的脚印，我担心他回头。如果他回头，我肯定走不下去，如果他回头，看到的肯定不是我的样子。越走越难，又看不到切实的沟壑。我希望在这跟随里一脚踏空，但是没有。不可能有对抗虚空的另一种虚空，或者反过来，不可能有另一块石头对抗背着的石头。走了很久，终于知道这是一条没有尽头的路，回头一看，路就从脚底倾塌，但是惊魂稍定，就想纵身一跳。但是跳是跳不下去的，或者说跳下去了，眼前还是他清晰的脚印，这些小小的深渊是招呼你把自己的脚放进去。于是就放进去了，直到把自己的指望都走得一干二净，走到厌倦疲惫，他的脚印还在往前跌进，直到醒来，幽暗的天光投进窗户。

天光从幽暗渐渐明晰，雨水应该在我做梦的时候就消停了。秋天的雨总是有一种善解人意的情分，如同人到中年的女人总是会明白一些人生常情，明白不可追寻的明天和随时倾塌的生活，因为懂得，所以慈悲。所以对悲痛的怨怼就一点点减少，当巨大的悲痛光临的时候，一个人同时也承担着巨大的福分，这福分是除了对自己之外对万物的感同身受，想到一棵植物也可能承担痛苦，它就会承担喜悦：成长的伤筋动骨同时也是成长的喜悦。起床的第一件事还是跑到阳台看那些小植物。搬到新房子以后，断断续续买了一些花草回来，不知道如何把它们排列出艺术性，但是看着它们成活，发出一个新芽，一个人就和一棵植物产生了休戚与共的情分。有一棵月季，是春天的时候我和朋友去隔壁村子里玩，看到它生得妩媚就拔回来栽下了。看得出它是抗拒的，栽在盆里怎么也不肯发新芽：它怨怼我改变了它已经熟悉的生长环境，它憎恨我切断了它与大自然切实的联系，它对我的花盆怒气冲天而还以更冰冷的沉默。整个夏天，它拒绝生长，但是一不小心开出了一朵花，还为这朵花的绽开感到羞愧：到发现自己开了却已经来不及了，所以怨恨地无精打采地开成了一小朵。但是知道它还活着，还有鲜艳的颜色在它的身体里，足以让我对它满怀感激。秋天到来，我给它换了一个盆换了土，仿佛它也不好意思再赖着不长，终于提起精神来发了几个芽，蹿出了叶子和枝条，举出了两个小小的羞涩的花蕾。那么小，如同一个大人举出的是婴儿般的拳头，但是我相信这个小拳头能够敲开一扇门。这么想来，仿佛植物、动物、人的周身都围绕着许多门，我们不知道门里面是什么，但是它就是那么吸引着我们去敲它。也许它里面并没有一丝新奇的东西，所有的不过是我们已经司空见惯的世俗的日子，但是我们的手还是忍不住想去敲一敲，如同这棵月季举出的小小的花蕾。

　　人在衰老的过程里，偶尔在身体的某个地方又会长出新鲜的粉嫩的小拳头，但是比这棵秋天的月季更多出一些意外。植物比人简单可靠，没有那么执拗，偶尔的赌气也会在风里在阳光里消散，它们的存在就是为了成长，从生到死，把简单地活着、简单地灿烂当成唯一的使命。但是人就没有如此乐观。诗人说：我们的一生将是注定失败的一生。毫无意外，除了无法避免的死亡，还有无法避免的庸俗和无聊。所以一个正在衰老的人的身体上突然长出了一个粉嫩的小拳头，这足以叫人欣喜若狂了。而我，就是在这个秋天的初始，就是在我日渐衰败的身体上长出了一个粉嫩的小拳头。开始的时候，我并没有在意，对于一个敏感的体质，对周围的世界多一点敏感是正常不过的事情。我以为它就和以前一样，不小心长出来了，因为羞怯，过上几天就退回到皮肤里面了呢。但是到了这个秋天，我才知道自己失算了：它出其不意地长成一个小拳头了。那个样子，实在是想去敲开一个人的门。那个样子，又实在是不敢去敲一个人的门。一种羞怯布满了我的身体，如一种轻微的病症却让身体里的每一个细胞都感染了。

阳台上搭了遮雨的石棉瓦，一棵树籽落在上面也弄出它本来想弄出的声响。更多的时候根本不知道是什么在屋顶弄出的声音，如果太阳大一点，还以为是阳光弄出的声音呢。但是一般就是麻雀了。我们搬进来的时候，麻雀也跟着搬进来了，它们在二楼的屋檐里做窝，浑然不觉得这二楼的屋檐和过去瓦房的屋檐有什么区别。或许它们根本就不在意安身之地，它们在意的是能不能把翅膀打开，能不能飞，能不能找到遗漏的谷粒和慢慢黄起来的草籽。麻雀在石棉瓦上跳，它们的身体很轻，弄出的声音不大，但还是能够清晰地被我听见。我常常猜测在上面跳跃的是几只家麻雀还是来了新客？麻雀在一起的时候，实在不好辨认，它们好像都长得差不多，就像人一样，在人群里，要找一个与众不同的人实在是一件不容易的事情。我不知道我是如何在人群里一眼看到他的，而且为他长出了粉嫩的小拳头。我和他见过多少次了呢？算起来也不多，从开始的陌生、羞怯、怀疑到现在想举起拳头敲他，这后半段的甜蜜的旅程实在是短而又短，而且还是一段他也许并不认可的甜蜜。爱的哀伤不过是你觉得甜蜜你觉得如此好，而他从来不为这样的甜蜜蜜一次。你慢慢等他生命里原有的甜慢慢退下去，但是你又对这样的期待充满了怀疑：既然已经有甜蜜着他，他又何苦因为你而把已经的甜退去呢？怎么退呢？生活里的苦和甜是不能像潮水一样可进可退的，它只能被遮蔽，人只能像鸵鸟一样把头埋进沙子里。

所以事到如今，爱都成了一种没有期待的等候，一种没有归宿的等候，是等候等候着等候。等候是连环，一个个套下去，直到你自己想把它解开。我蹲在这棵月季前，本来可以像和朋友一样和它说说话，但是从来我都是沉默的。许多东西一经声音的修饰，它就不是它自己了，它就单薄了。幸福是，痛苦是，爱也是。我守着心里初生的随时可能夭折的爱情，如守着一棵长错了季节和地方的花树：它过于瘦小，以至于没有任何事物愿意与它为敌。说真的，我喜欢我这已经衰败的肉体上又一次长出来的爱，尽管它本身就是海市蜃楼，尽管它本身就是被沙堆埋在了沙漠里的泉眼。月季下面，挨着土的地方发了一棵芽，前两天我去触摸的时候，一下子把它弄折了，当时我真是沮丧。但是它似乎并不在意，甚至有一些鄙夷，于是它重新长出了新芽。认识他，对他产生蜜一样的感情，同时又清醒地知道它的不可能，于是恶狠狠地把它掐了：不和他说话，不看他微信，不打探他的消息。如此许久，看起来心里的块垒似乎放下去了。爱情啊，真的是一块石头，里面住着迷路的人。如此许久，仿佛真的就放下了这个人，直到又一次遇见了他。

有缘的人会遇见，无缘的人也会遇见。香草会开花，毒草也会开花。所谓香草和毒草也是自然界赐予的喜与悲，所谓的相遇不过在提醒我们还没有完成的情分。但是情分永远是无法完成的。也幸亏了这永远不能完成的情分，才让春天一次次回到这已经枯萎的地球上，而且和我们保持三公分的距离。上一次的聚会里，我没有想到他会来，我以为他被一些事情牵绊住了。也没有人告诉我他会不会来，我有一些希望，有一些失落，有一些对自己的不满和憎恨：当我如此牵挂一个人的时候，我就隐隐约约感觉到我正在失去什么：自由？尊严？这些东西的存在几乎无时无刻不在提醒我对一份爱的怀疑。到底爱是先天的还是自由和尊严是先天的？如果它们都是先天的，我们就有了可以选择的东西，但是这还可贵吗？不，可贵，都可贵！刚才，也就是这个中午，我又到阳台上看了看我的花儿，我就打消了我的怀疑。尊贵的东西可不止一个，不然生命就太贫瘠了，可依持的东西也太少了。有了这几样尊贵的东西，哪怕任选一种，就能够满足生命的本身了。而且我们还可以耍一下赖：当我们得不到爱的时候就去追求自由，或者当我们拥有自由的时候我们就不那么渴望爱情，反正它们同样可贵。爱，自由，尊严，这三个词的存在让生命无限拓展，上可以比天，下可以入地狱，它们让一个人不再心慌，不再困顿于一时的所得所失。有些时候，我甚至感觉到了它们同时的存在。因为同时的存在，它们就如同邻居一样要和谐共处，就要互相谦让。于是它们在一个词要深刺入骨的时候，另外两个词就会拉它一把。这样三个词就制造了一种平衡，就让一个摇摇晃晃在人世里行走的人不至于摔在一个地方爬不起来。我已经走过了偏执的岁月，我甘愿让年轮磨平了我性格上、肉身上的沟沟坎坎，我感觉到的不是圆滑而是温润。

在这温润的顺应里，他却来到了聚会上。我刹那的羞怯来自于对已无期待的怨怼：无论如何，我应该留一份期待给他，给这可望而不可即的梦想和指望。如同一棵月季还有深红的颜色在秋天打开一样。羞怯一旦打开，就像小小的绽开了的花朵，一时也凋谢不了。我们在餐桌上，我隔着人群看他，看他从来不停留在任何事物上的目光而仅仅愿意企及他自身；看从窗户投进来的天光映照在他的头发上而他与一群人谈笑风生。哦，天。那时候我多想走到他身边坐下，我看到他身边就空了一个位置，一群人招呼我坐过去，可是我的薄薄的爱让我如同一个犯错的孩子不敢走过去，而匆匆跑掉。我知道我摇摇晃晃走路的样子，这个样子只有爱靠近我的时候才能让我沮丧，而且这沮丧会不停扩大，直到形成悲伤。悲伤是一种重复，重复着已经生成的悲伤，也重复着过去和将来。

我逃掉了，我同时就获得了自由：狭隘的自以为是的自由，但是它的本身就是自由啊，这是多么确定的事情。回到房间里，我的沮丧却换了一个理由：既然知道没有可能，何不在相互的戏谑里遮蔽起爱恨情仇？但是我没有勇气回去了，我知道如果我回去，首先是我自己会陷进对自己深重的调侃里，但是他一点也不会了解。尽管他细心，一次次照顾到我的感觉，但是我以为我有他无法理解的东西，因为我自己也理解不了。这种沮丧淡去，立刻又换成了另外的沮丧：我的爱就这么浅啊，一开始设定的就是不伤筋动骨——不为难他，不伤害他，不打扰他。但是我确定我在不同的人身上这样练习过，这是可耻又可怜的事情。

分别是难过的事情。相聚是生命的夜空里不多的几颗看得见的星星，闪闪发光。我们总想把这样的星星搂在怀里，照着自己一路灰暗的旅程。但是天上的事物哪有可能为不堪的俗世委身而下？这样的相聚不免沦为生命里的形而上，连同这不知所起而产生的感情也沦为形而上了。也幸亏有这一次次长久的别离，让薄薄的爱情回到爱情的本身。记得我抓住他的手，如同一个不顾羞耻的孩子看着亲人的出门心酸，而一直存在的羞愧不允许把眼泪掉下来。我说：等着我，等下一次再见。我没说我会想他，我没说我爱，这个年纪，爱在心里是不停旋转的水圈，而已经不能成为一个名词：这个年纪的人会把名词上的爱当成羞耻和单薄。就那样分别了，互相招招手，云一样消失，风一样散开。当我一个人背上重重的行囊去另外一个地方，而如此重的行囊里却没有一句他的祝福，这此后的行走真是委屈，不能言说的委屈，无人可述的苦楚。这委屈是真委屈，这苦楚是真苦楚，但是我们就要把这确确实实的真转化成模模糊糊的假，这假就是悬挂在自己门楣上的铃铛，你得捂着耳朵把它取下来。以前是怎么也不肯捂上自己的耳朵的，天性里没有对假的认可，也得不到它的一点好处。如今，四十岁过了，不管是不是经历过千山万水，心里的沟壑不管有没有被脚步丈量过，它都那样过去了。

　　而让我一次次回头的，不是那沟壑本身，也不是沟壑里的荆棘和毒物，而是照着沟壑的月亮和在沟壑里颠簸的月光。颠簸的月光与平淌的月光不一样，它的美有一些细密的破碎，而且是说不出口的破碎。如同这突兀产生的感情，你没有办法知道它是不是合理，是不是遵循了人的天性。当爱靠近的时候，我们对天性的要求似乎更高了，但是你说不清楚这是不是胆怯的一个借口。当胆怯光临我的时候，我喜悦地迎接，我知道它会把我藏进一个地方，或者就是残疾本身，让我躲开一次灭顶的洪水。我已经忘记曾经几次经历过灭顶的洪水，我忘记了生命里有多少日子是在面对洪水过后的荒芜和瘟疫，这些仿佛也已经成了可以抗拒的东西：因为生命一次次竖立了起来，像破旧的不倒翁。

　　也幸好有这短暂相聚之后长久的别离，幸好有这距离之间的千山万水。我爱这雾霭笼罩的江山和尘世，爱这悲伤一次次产生又像雾霭一样慢慢消散的距离。我爱我是我，他是他，我最爱的是我已经成了我，他也已经成了他。

秋天到了。我阅读的那个作者又从武汉去了另外一个地方。他又写出了一个新剧本，他心里的块垒是那些真实的叙述和表白无法完成的。我们热爱的东西总是不能够表达自己，甚至遮蔽着自己想表达的部分，于是除了搭建一个基座让虚无从半空里落实外，还要再搭建一座海市蜃楼，展现自己倒影里的骨和肉。无法想象的是在会场上坐在正中位置的他如何顶着沾满了尘世碎屑的头发在一个剧组里上下奔波。也许有那样的一些时候，他狠下心来，把自己花园里的玫瑰和香草都搬走，藏到了一个自己都不容易找到的地方，而任花园里野草蔓延，毒蛇居住。有时候以毒攻毒也是对抗这个世界的决绝。他让自己的身体布满了毒，但是把它控制在脖子以下：让他的眼睛还能看，耳朵还能听；嘴巴可以不说，但是脑子还在运转。他的脑子在运转，他的星辰就在运转，宇宙就在运转。运转会解决所有疑问，就像苦难本身推动了生命的前进。他是在一个剧组，这个剧组他不会看成他的一个旅程，不会成为他的一个出口。旅行往往是一个人狭窄而漫长的出口，有时候不一定真正走到了出口的地方，但是仿佛已经找到了一个答案，尽管这个答案不可靠，随时可能被推翻，但是至少在短时间里能够安慰一个人。这一个答案就是一座小小的海市蜃楼。

有的人很长时间，甚至一生都在路上。说不好悲喜，但是至少让在路上的人觉得欢喜。有的人一辈子就困顿在一个地方：一个村庄，一座房子，几棵植物。比如我。困顿于此，我却从来没有远走的野心，更没有换一个好地方居住的向往。无法判断：一种生活方式长久地存在于一个人的生活里，是慢慢驯化了一个人，还是这个人被生活驯化了，无法判断这里面的友好和敌意。其实，分不清楚就分不清楚，感觉到好就是好了，在秋天里能看到天空的蓝，能感觉到空气的凉就是好的了。他说他写剧本是因为生活所迫，这是一种心酸。但是还能被生活所迫的人未尝不是有福分的：生活从来没有忘记过你，把你赶上了路，让你使出全力发出自己的光，这样的人本身就得到了生活的护佑。而我，看起来是被生活忘记了的一个人，也给我一年四季，也给我春花秋月，还给我悲喜苦乐。但是看起来这些都是它分配不出去随手丢下的。我怨恨过它的不公平，更多的是怨恨自己的无能，但是幸运的是生活给每个人的怨恨分配得都很少，分配最多的是从容。

阳台上的植物慢慢多了起来：多肉，月季，绿萝，吊兰，栀子花，常青藤，三角梅，金银花，蔷薇……我把这些一个个搬上了自己的阳台，除了搭建一个小小的花园的愿望以外，就是希望它们都能被养活，都能茁壮成长。我曾经因为施多了肥而让一棵月季、一棵茶花都死去。我鲁莽的爱在它们的根部变成了火焰，最后让它们灰飞烟灭。这让我很沮丧，但是沮丧过后，我又重新买了苗子，重新谨慎地培育。偶尔会买上一些假苗子，它们长得健健康康，欢欢喜喜，但是长大后什么也不是。幸亏生长的过程我已经获得了足够的喜悦能够对付它们现出虚假的真身后的失落。想来养育一棵植物和养育一段爱情一样，你小心翼翼希望它能长高一点长壮一点，但是一不小心就伤害了他，你以为的真情实意在他那里就成了负担，如同多施的肥。

阳台上还有一张大桌子，开始买回来的时候，我也不知道它能做什么用：太大了，足够十个人围着喝茶。我梦想着等阳台上植物成荫的时候，说不定会有人来和我一起喝茶呢。我这样的想法在这偏远的乡村根本就是一种误会：谁会穿过千山万水来和我喝一次茶呢。从他们的城市到我的乡村需要转好几次车，而我又没有足够的盛情和美意来对应这样的深情厚谊。这样的想法就慢慢消散了，如同一时所起的爱情消散于被自身以为的不可能。于是这可以供十个人喝茶的桌子就成了我一个人喝茶的地方，九个空位子的孤独仿佛可以长出九棵绿油油的植物。当然如果植物再多一点，它们一定会占满这九个空着的位置，用已知的味道填充想象里的味道。

我觉得这是再好不过的生活：恰当的生活，恰当的爱情，恰当的孤独。当我给植物们浇水，当我蹲下来看一棵月季的生长，我就会想起上一次我们的相聚，我们聊天的肆无忌惮，我把我的情意戏谑化了，它那么好地遮蔽了我，也瞒过了坐在我眼前的人。而当我蹲下看一棵月季的时候，我喜欢的那个作家，那个和我同龄的人，他也许正盘算着什么时候偷偷溜出剧组，到周围的山上去走一走，去摸一摸山顶上那块看起来就要掉下来的石头；也许，他为某一句台词伤透了脑筋，如同面临一条路的分叉口：往左还是往右？其实都无所谓，但是他天生的怀疑对这无所谓又不满意，于是他怀疑他到这个剧组是不是对的，他的编剧是不是对的？他想起那些他栖身过的小客栈、小旅馆，想起危险时分一个人对他殷切的呼唤，眼前的事物就起了雾霭。

当我蹲下来看一棵多肉的时候，我喜欢的他正在他的城市把一夜霓虹排列成诗行。这辈子，他也别无他途了。他的手腕被拴在了文字上，当他试图寻找另外的路的时候，他就活生生被拉了回来。他叹息：罢了，无非这一身性命也交给你吧。如此，他也是被困住了，他也不自由了。我们都是不能获得自由的人，感情的，环境的，事业的，没有事业的。最要命的是时间的，时间给了我们最大的局限和困顿：爱上他的时候，已经是中年了。少年的浓烟已经化成了一场薄薄的雾气，连绵而悠长。

你可听见这风声

1

这个下午，我在离你千里之外的城市，在一个很不错的宾馆。

拉开窗帘，有阳光挂在楼顶上，不大也不阴暗。下午我没有出去，没有一座城市能够吸引我，你一定会说：多好的机会啊，也不四处走走。

嗯，我错过了一个又一个多好的机会，蜷缩在小小的房间里：我对这个世界已经没有了好奇心，只有被用惯了的悲悯。把头发梳好，在电脑面前，看看文档里有没有出现你的名字，及时删除。

我的头发这两天好了，前两天掉得吓人。我没有想到我的焦躁会有这么大的反应。许多夜晚我睡不着，折磨人的孤独把我揉得死去活来，但是我没有呼喊任何人，包括你。别说是呼喊不及，即使你听到，又能如何？

一个人的名字含在嘴里，时间长了，会牙疼。这牙疼，就似爱情的一种疼法不？

2

遇见你的时候，应该是初夏。"小荷才露尖尖角，早有蜻蜓立上头"，我不知道我是这小荷，还是这蜻蜓，反正五月葱郁，万物含烟。我也是这小荷的一次战栗，也是这蜻蜓的一个小心翼翼。

但是当看得见人生葱郁的部分，人生就已经黄了半截，你我皆如此。

但是你还有青翠，如远山隐于骨头，一辈子有用不完的绿意，我是被这绿意引诱而至的一只蝴蝶。我觉得我的身体也是绿色的，你要辨认我是多么不容易的一件事情。

可是，我何须你来辨认呢？这注定的相遇和离别都是苦涩，我何须你辨认啊？但是我依旧用一个尖利的呼哨告诉你：我看见了你！

我看见了你，是一颗星子看见了另外一颗，是一个异己者看见了另一个异己者，也是一段灰重复了另一段灰烬。

3

那时候你在一个书店的台阶上弹吉他，木质的台阶渗透出迷人的香气。我不知道是这木质的香味沉醉了我，还是就是你沉醉了我。我忍不住时时抬起头来看看你，依稀有隐约的阳光从玻璃的屋顶摸进来，散在你的帽檐，斜过你的脸庞。

我想，一定不是你迷醉了我。迷醉我的是那隐约的阳光，是阳光经过你的帽檐，擦过你的脸庞的那个时刻。而我，也一定预备好了最干净的时辰来和你相遇。

我在下面的桌子上歪斜了身体给一些人签名，和他们开一些我惯常开的玩笑，偶尔抬头：你还是坐在那里拨吉他，漫不经心的样子。

他本来就是这样漫不经心的。我想。

你的吉他也弹得凌乱不堪，但是每一个音符却是清晰的：如同一个女人不敢连贯起来的心思。我想捕捉这些绿蝴蝶一样的音符，总是把自己的名字写得更不像样子。

你并没有看我。

吉他，帽子，温热的嗓音……这些都是对女人致命的诱惑。你知否？

4

缘易起。但是爱生得可疑。到今天我依旧对这个字怀抱最初的信仰和敬畏，所以我更愿意用另外的字来替代它。然而用什么字呢？喜欢？仰慕？一见钟情？都好，也都不好。都对，也都不对。我奇怪我为什么非要给这份情愫来一个界定？

是的，我是没有自信的。一遇见我所喜欢的，我先就会把自己败得一败涂地。这败比追求容易得多。其实，除了退让，我也是毫无办法的。你的签售会我没有去。幸好没有去，那么多女孩围绕着你，我一定找不到自己的位置。我一定会在莫名的嫉妒里把自己伤得一塌糊涂。

"没半点风声，命运却留下指纹，爱你却不能过问。"然而，不能过问，我该如何爱你？哪怕灵魂，又如何跟随你走过万水千山？又如何告诉你：我在！

我一无是处地存在。

不过是，当你在浩渺无比的原野上生火取暖的时候，远远看见你被灯火照映过的背影。

如果哭，我有多少眼泪。而我只能把这雷霆埋在心里，至死不言。

5

这一年来，感觉自己如同一个戏子，被命运牵着脖子到处跑。和不同的人吃饭，被不同的人牵手，在一个个城市里辗转反复。有时候我知道你在哪里，有时候我不知道你在哪里，但是我不问。

若问，若知，我的心又是一次千里寻亲。我害怕的不是这千里之遥，不是一路奔波的辛苦，我害怕的是月色太好，而你的门扉紧闭。

我常常想象和你见面能如何：一醉方休，在你面前痛哭流涕，把相思说遍？夜深人静，拥你入眠，向你温暖的身体取暖？或者，远远地看一眼，转身就走？不，这些都不是我想要的，这些别人容易对你做到的事情我又何必重复一遍？

而，我该如何爱你？

你看，生活没有给我一条正途，我越清晰地爱一个人，也会越没有一条正途。我能怎么办？我认！

"别走漏风声，爱你比敌对残忍，灿烂却是近黄昏。"

6

常常想，我如果不是脑瘫，人生将会怎样不同？我一定是飞在半空里的女子，谁也抓不住的吧，我一定不惧这半空的寒冷和危险，随风狂舞。

其实现在，我也是谁也抓不住的人，我不过想自己把自己抓住，落在你身边，透过你的眼睛看见一条通往另一个世界的路。我不知道我这个样子是不是否定了现世的安好，如果这个世界还有好的部分。我从来没有怀疑你的身上存在这样一条路，它是专门为我设定的。

这没有根源的假设，又叫人陷入另一种困境：你明明知道有一条路在那里，你知道它的区域，甚至依稀感觉到它的方向，但是却没有办法找到它。明明这隔膜不是很厚，但是就是无法掀开。爱情的残酷在于：它的伟大让这个世界上找不到家的人越发渺小。而我们也只有在爱的时候憎恨自己的渺小。

我所拥有的残疾让这渺小也不敢示人。

问题如此具体：我无法靠近自己残疾的躯体，也无法靠近你。或者是我太接近自己的残疾，由此无法靠近你。因此我不是我，你也不是你。而我们，似乎要在这荒谬的世界里娱己娱人，与自己对抗和妥协里找到自我摧毁的一条路径。

7

　　你从台阶上下来，而你的吉他竖在了那里，这又一帧风景，缺你也美。吉他声依旧存在，若隐若现。经过你弹拨的吉他一定有神性了。它的身体是一个宝盒，虽然我无法确定它具体装了些什么。我望着它发了会呆。我肯定你在某个月色浓稠的夜晚里，用它叩问过内心的交响。

　　我们一起去休息室的时候，我抓住了你的手。在别的地方我也会这样抓一个人的手：我怕摔倒，我怕走路不稳。这一年里，我记不起我牵过多少人的手了，感觉命运似乎把它欠缺给我的温暖不分青红皂白地还给我，而且让我接受得哑口无言。

　　明明一辈子只需要牵一个人的手，却不得不与太多的手相牵，这是多么贫寒的讽刺。幸运的是：在这许多只手里，有你的一只。而我竟然忘记了它的样子。那时候你说着前一次见面的情景，言辞间有一些愧疚。其实那时候我也没有在意，只是没想到一个熟悉了多年的名字突然一下子出现在面前，毕竟是不可思议的一件事情。唯一记得的是你的谦恭和客气。

　　然后我们去吃饭，一路走过去，阳光已经下去了。看了大叔半天，说了一句：你好白哦！大叔笑着把这句话重复了一遍。那时候我没有看你的表情，任大叔笑话我呢。可是走着走着，过马路的时候我牵着了你的手。

酒桌上，你说：我唱歌给你听。但是你一直没有唱，我至今也不知道你唱《花房姑娘》会是什么样子。

喝至半醺，你在桌子对面和我说话，我听不见。原以为你隔千山万水和我说话我也是能听见的，但是那一天我什么也听不见。于是我招手让你到我身边来，你就过来了，你说：丫头，诗歌要做减法。

丫头。我很喜欢这个称呼，让我心头发热眼眶发酸的称呼，但是后来听见你称呼比你大的女生也是丫头，哑然失笑。原来在你那里，所有的女人都是"丫头"，我也是其中之一啊。

临走的时候，大叔和我拥抱。我很喜欢大叔每一次离别的拥抱。和大叔抱过以后，我想拥抱你，于是你走过来，弯下腰，拥抱。

那一刻，我觉得世界停止了运行，那一刻，我真希望时间坍塌，地球灰飞烟灭。那一刻，我是短暂的靠岸后，不再愿意面对长久黑暗的歧途。

8

要说的话就那么几句，来不及温热，就已经说完。我是天生就怀抱雨水和雷霆的人，就算阳光盛大，我能够产生的不过是对自己留在地面上影子的怀疑。我不够自信，只不过有时候我必须拿出一副花架子向这生活讨一些虚拟的温暖。

此刻，我在横店，在电脑上敲打出我也看不明白的一些文字，屋外面太阳光刺人，野草垂头，小虫噤声。我始终无法脱离自己身上粗糙的野性，包括叹息也不能优雅。可是此刻，在这静谧的村庄里，多么适合有一曲蜿蜒的吉他声。

此刻，你在哪里？

你说你要去西北。我不知道是往西偏北，还是往北偏西。我不知道你的行囊里带着一本什么书。突然觉得，我的心如果没有你的指引，一定会在崇山峻岭里迷离，找不到菩萨，进不了庙。

仿佛看见，黄沙漫漫的路途上，一个戴着鸭舌帽的中年男子行走的模样：他目光平静，他去向不明，他没有方向是唯一的方向；他有牵挂，他不说，这个时候他会拿出吉他，夕阳的光一下子就会找到它想要的一些音符。

此刻，你的凄凉是最大的富足。此刻，若有风声，请往横店吹。

"若你看出我那无形的伤痕，你该懂我不光是好胜。亦邪亦正我会是谁的替身，真作假时假当真。"

9

　　我会是谁的替身？

　　我能替代的一定不是现世里任何一个人。她们不需要我这样的替身，她们接近你的途径比我宽阔，别人和她们自己都不能成为阻碍，这是多么幸福的事情啊。这样的幸福不知道可以怎样无限地延续呢。我吃尽了这种幸福的醋，把自己酸得无药可解。

　　我能替代的依旧只是我自己：前世的自己或者来生的自己。正常的自己，健康的漂亮的自己。我一定在那个时候遇见过你，只是今生，我想是我故意蒙蔽了自己的眼睛，没有人能看清楚我，包括我自己。

　　也许是谁做了我的替身，种邪恶于我体内。如乌云遮住了所有的星光。如果是这样，我甘愿怀抱巨大的伤痛和甜蜜在无比的黑暗里无怨穿行。

　　于是我在你面前也不敢把这隔膜掀开。但是即使不掀开，你也已经看见了我：卑微的我，不顾一切的我，小心翼翼的我。无能为力的我，如同这个世界，我以血供奉的人生，它不能给我一个笑脸，它同样无能为力。

　　我不喊你。

　　呼喊你的，只是我身边的那些花草树木，葱郁的时候，它们在喊；枯萎的时候，它们也在喊。

10

形同呻吟，形同哭泣，只是都是无声的。

终是无法交汇的生命轨迹，终是无法摘取的镜中花。我在这里害怕说起生命也是一场虚无，我害怕这样的对应让你无所适从，让你因一个局外人受到伤害。

而，我在想你。我在许许多多的想念里分别出单独给你的那一种：最不可靠的，最缥缈的，也是最不容易根除的。风从门口悠悠地吹进来，一部分消逝在我的身体里，一部分去向不明，还有的，自身销毁于自身了吧。

泰戈尔说：人的命运啊，你多像一阵风。我不知道这样的命运里，我是不是就是风本身了呢。如果是，在你身边我肯定是停泊不了的。

在你身边，我停泊不了啊。

所以你也不必知道，每一片风声都是在想你。

秋夜深几许

　　我听见风在屋脊和香樟树上回旋，如涌动的潮汐。我在关着门的房子里，风似乎就吹不到我了。屋后的树叶啪啪落在院子里，明天早晨看，又是厚厚一层，扫了，一会儿又一层。母亲走后的这个院子似乎比往年荒凉，我不敢想她，我最深地感受到了人间的凄冷。明哥，你知道我多希望你来看看我。

　　我家周围一样经历着有房子以来最深的荒凉。傍晚的时候，我和小花一起坐在屋外，我们再也无法和从前一样看到夕阳落下去的过程。我和小花一起丢失了我们的家园，这一切改变了我的家，改变了我们的文明，我们的风俗，这同样是无法挽回的啊。

　　忧伤的小花长时间趴在地上一动不动，它的眼神忧郁，如同被一个欺负了的孩子。风把它脊背上的毛一根根竖起来，它的毛很厚也很脏，我从来不给它洗澡，但是我喜欢抚摸它的脊背，如同抚摸一个委屈的孩子。天色阴沉，风冷，我们不知道往哪个方向看。四周都是房子，整齐得可怕，我们被困在这中间，出不去。

我知道这个时候小花依然在门口的香樟树下，我不知道它如何打发这漫漫长夜，风这么大，我真不希望它听到风里的危险，因为那是多么伤神的一件事情，而可怜的小花又一次怀孕了，每一次怀孕，我看出它是忧伤的，它不知道它的身体为什么沉重了起来，它也不知道为什么就有几个生命在它肚子里孕育。而我，和它有什么不同呢，稀里糊涂地活在这个世界上，不知道被谁欺负着。

明哥，我很想你。但是我不知道如果你真的踏着秋风走到我面前，又能怎么样，嗯，你就对着我笑吧，这样最好了。唉，我多希望我们能够和古人一样，在细密而缓慢的光阴里去看看对方，踩着雪，一步一步慢慢走。但是这是多么幼稚的一个想法。你来看我的时候总是开着小车，从你那里到我家，不过半个小时的车程。而明哥你，每一次看我，也似乎没有超过半个小时。半个小时，三十分钟，如果过成三十年多好啊。

那天下午，回家经过你的城市，我给你发微信说我想你。是的，我想你，如同一个被遗弃在人群里的孩子孤独无助，而我又从来不想你给我依靠。是的，我从来不想你给我什么依靠，我的爱或者是感情都是风里的飞絮，而我，的的确确是这个大地上的浪子。你说：真实的感情都是美好的。明哥啊，我多希望这感情是虚假的，虚假的都是轻浮的，它规避了人的苦痛。

而，明哥，我对自己已经不抱希望：我曾经喜欢的人，我以为能够一直喜欢下去，但是我妈妈的去世让我一下子心灰意冷，我对别人和对自己都一下子不再信任，这种不信任一旦产生就无法挽回，明哥，如果哪一天我也如此不再信任你，一定是我对自己产生了更深的怀疑，而没有了我的牵绊，你当然更轻松。明哥，你说我们要一直好好的，而那个人也说过要一辈子好好的，我都为你们所说的话欢喜过。

你看看，我就是这样一个没有出息的人，总是为情所困，总是为这些没有结果的事情熬心。我一定是上辈子作恶多端，这一生用来偿还的，如此说来，明哥，我也是上辈子欠了你的，不然不会如此对你心心念念。而我总是一眼就能看到命运的结局，这是最大的不幸。命运它没有办法欺骗我，而我又是最需要被欺骗的人啊。我知道说这些你都不爱听，没有人愿意听一个女人唠唠叨叨，好像受了几辈子苦似的。

而我们所受的苦，命运其实已经默默地偿还给了我们。最好的回赠就是心灵的安详，我越来越多地得到这样的馈赠，比如这个夜晚。我感觉最好的生命形态就是能够和自己喜悦地相处，是的，我是喜悦的，悲伤的喜悦。悲伤有时候也是一种索取，它要求我们给出泪水，给出绝望，也给出对一个人的深切呼唤，比如我对你的呼唤。

往年，我对季节的变化没有这么充分的感受，它总是铺天盖地没有缝隙地包裹了我的时候我才能感觉到它的存在。而这个秋天，我一下子就感觉到了，我不愿意说我年纪大了，我不愿意说是我的身体对冷天气的敏感。我们的生命已经不知不觉发生了变化，而且有些变化一旦形成就再无法回到原来。比如我感觉到对你的爱慕的时候，那份交往的淡然已经无法回头。

秋天的夜晚是安静的，是一种微凉的淡蓝色的安静，也正是一个四十岁的女人的安静。风在屋脊和树梢上盘旋，多么像《呼啸山庄》里的夜晚，而我写这些文字的时候停电了，屋子里没有蜡烛，我摸索着在电脑键盘上打这些字，偶尔想起一些事情，生命的虚无扑面而来，我们有许多抵抗虚无的办法，但是不过是在更大的虚无里，这是无法改变的事情。

唉，我这个悲观主义者，知道和你的观点都不一样，你就像一团火，在有限的生命里无限地跳跃，我有时候也是自己的局外人，直愣愣地看着自己怎样一步步滑向不可避免的结局。天啊，既然结局都一样，明哥，能不能让我好好爱你？我们的时间已经不多了，你的每一个犹豫都是对我们的损伤。

我的房子后面是一排橘子树，它们的枝丫抵在屋檐上，这个时候发出窸窸窣窣的声音，偶尔一声很大，把我吓一跳。我想象它们在黑暗里在风里沉重摇摆的样子，如鬼魅附体一样。我倒真是希望世界上有神有妖，当我们的生命掉进悬崖的时候还有一个容纳的地方。这个时候猫是不会顺着楼梯走上屋的，这个时候也不会有一只老鼠在等它。

　　有时候我总是听见楼梯上形形色色的脚步声，我从来没有害怕过。我很庆幸不同空间的事物和我离得这么近，我甚至期待它们出现在我的面前和我说说话。我有时候被孤独折磨得死去活来，哦，也许是欲望，身体的欲望，爱的欲望，谁知道呢。

秋日一记

我太急切了，所以跌了一跤，但是几乎没有任何过程，我就爬了起来，仿佛刚才的一跤根本没有发生过。站起来我想了很久：为什么那么快就起来？这同样没有答案，没有答案的事情比有答案的让人愉快。不远处的人群没有留意到我，当然他们是否留意也不会影响到我什么，我觉得跌跤和观瞻没有任何关系。

快递到了，让我去取。我不知道这一次快递的是什么，书，衣服，日常用品这些可能性里，每一种给我的愉快也不过是从地上爬起来的愉快。但是它们在引诱我：让我把这庸常的日子维系下去。它们是从远方赶来的小小的鼓励。我想着，在这些快递里，也许会有一次，给我一个偌大的惊喜。

天啊，欲望如此容易滋生，一定是让我从什么事物里区别开来。融入和区分是一对时刻存在的矛盾体，可是它们的关系又彼此依存。我想和那些正在干活的人交流，同时对这样的交流不怀好意。我始终认为，交流与理解无法成正比，理解与快乐本身也不能成正比。这样的理解让我妈妈生气：她以为我不爱说话是性格问题。而我认为所谓的性格本身是不具备问题的。

小时候我容易摔跤，我害怕摔跤后被人笑话。后来我对比正常人的摔跤，人们也是会笑话的，所以他们笑话的不是哪一个人，而仅仅是摔倒的这个过程。为什么会笑呢，因为生活实在太平庸了，一点小意外会让人欣喜若狂。我对这样的身边人和我自己充满了悲悯：上帝给他们的太少，以至于他们对一个走路时候的不小心充满了关切。

结婚以后，晚上一个人走夜路，也会摔跤。特别是下雨的时候，无论我怎么小心翼翼，都避免不了跌倒的时候，回到家，他也会笑话我，这个时候，我的身份不是一个人的妻子，是自然属性里的一个人，他的生活也实在平庸，平庸到需要取笑自己的妻子。他不知道的是那个时候，我已经把自己为人妻子的身份取消了。

把一种身份取消。我无法肯定这是好事还是坏事，好在所有的身份都是社会属性，都是别人眼里一个人的角色，当你不要它的时候是没有任何损失的。问题是我摔跤的时候看到人性的悲凉，而在悲凉里退缩出来，而这退缩的过程消耗了我二十年光阴，所以现在有人说我像一个斗士，而我不过把自己斗得不像样子。

写到这里，我突然想哭。想想应该摔得厉害一些，给自己一个哭的理由，但是我不疼，所以哭不出来。一个人无论在什么时候哭，都是哭给自己看。我爬起来继续走，一些野菊花在风里摇晃，它们开的时候我总是不够热心，等到快凋谢的时候，我才想起它们那样灿烂过，但是好在，它们开的时候，我也在盛开的时间里。

这和我很像：我开的时候，没有人来，我却以凋零的哀愁让路过的人为之一叹。当然，我开的时候如果有人来，也不过是如此一叹，没有根本的区别。所以人们总是哀愁在自我的假设里。但是能够哀愁也是好的啊，如同秋天里野菊花蓬勃的内心。

一朵菊花，可以看到太阳和太阳来回的过程，因此我们具备了热爱万物的心肠。也许宇宙不只一个，它以不同的形式躲藏在万事万物里，能看见的眼睛是慧眼，能感受到的心灵是慧心。我们的一生不过是从愚昧到智慧行走的过程，所以那么多细枝末节都理应用心去爱。

一朵菊花也足以看透人世苍凉：准备了那么久，不过几天的花盛之期。如同一个人刚刚知道打开生命的方式就已经老了；也如同一段爱情：刚刚给出了甜蜜就已经有了厌倦。时间匆忙，我们在无限的无序里，好不容易找到了一种明确，而这明确似乎还不够充分就已经模糊去了。

所以世界的样子就是你眼里的样子。除此以外，没有可以说服自己的了。但是我的确恰恰喜欢这样。

一年里，秋天是最具备植物性的。一个人年轻的时候多半是动物性，只有老了，才从灵魂里生长出植物的根须。有了植物性，大地从容，生命也从容了：一个枝条垂到了地面，不过是弯曲起来重新向上。一个人跌倒了，不过爬起来，继续走路。生命就是这样一个过程，无论好坏，善待便是。所谓的善待就是你跌倒的时候根本不需要看看四周有没有拉你的人，已经用这个观察的时间爬了起来。

我走得很慢。野菊花也凋谢得慢，它们对急匆匆地绽开已经有了悔意：好像还有的底色被浪费了，没有及时举出来。天色阴沉。"天色阴沉就是赞美。"这句话可以延伸出无数类似的出来，但是这一句却独得我心。大地上的每一天，每一种植物，每一次绽开和枯黄都是赞美：赞美被看见，赞美看见了的人。有时候我觉得活着本身就是对生命的赞美，残疾本身就是生命的思考。思考的过程当然允许痛苦。

而孤独是一个人对自己最崇高的赞美！

村庄寂静，一些人从身边经过，几年前，她们是泼辣的小媳妇，现在她们的身边有了女儿的女儿，她们是奶奶辈了。小小的孩子跌跌撞撞在花丛里挪步，她们小心翼翼地跟在身后，人老得无声无息，也老得细水长流，而衰老的哀伤也就细水长流，没有轰轰烈烈之感了。

在这些赞美和被赞美的事物里，我总感觉到浩大的哀伤。这哀伤因为大而自行稀薄了，它让人空余出力气把余下的日子过完。我们不能用生命的虚无来体罚我们自己，它就应该琐碎到柴米油盐，鸡鸭猪狗。每一张蜡黄的脸都应该获得尊重：她们承担了我们没有说出的部分。

走到这里，我突然不想去了，于是返回，我想明天去也不迟。

杰哥，你好

1

今天是冬至过后的第二天，杰哥。最漫长的一个夜晚过去了。当然，夜的长短对我们而言，不过是时间的虚拟。昨天，我写了一首诗，写我乘飞机的一个过程，写我在生死之间呼喊你的名字。那时候我想，如果这样消失，未必不是一件好事情，不定以后我还会弄出什么幺蛾子。我像一个危险分子，在不受待见的人世里上蹿下跳，不知道该把自己往哪里放。而我能把自己放在哪里呢？杰哥，你知道多大的名誉就意味着多大的毁损，人世，没有一枚好果子是给人吃的。

我跟你说过，我不在乎。如果你没有看到这一切，我就不在乎。后来，我又想，即使你看到这一切，我也不会在乎。

我是一个顽固不化的中年女人啊！爱得固执，怯懦得固执，单纯得固执，复杂得也固执。如果让你来了解我，这是多么不合算的事情。而我，我的的确确从来没有奢望过你了解我，我心虚，我胆怯，我对我所有的一切没有自信。我的怯懦有时候也保护了我，让我在面对感情的时候抽身而去。杰哥，我依然无法面对一个男人的深情厚谊，我更没有办法面对两个人单独相处时候我的怯懦和害怕。

你还记得吗，一次，你开车去火车站接我。那时候我多高兴啊，我如同一个迷路多年的孩子终于找到了回家的路。我幻想和你见面的情景，我幻想和你吃饭的场景，我甚至幻想我牵你的手的场景。我以为，只要有这样一次见面，我就对得起我的人生了。但是，在你车上，我只敢坐在你车后面，我只敢看着你的后脑勺，看着你头发渐薄的后脑勺。我觉得我就应该在这个时候遇见你，迟了不好，早了也不好。

我喜欢你说话的样子。特别是你谈论文学的时候，我喜欢你那个样子：你谈《红与黑》，你谈《包法利夫人》，你谈《红楼梦》。那时候我幸福又哀伤。幸福的是：我能够通过这些文学作品接触到你。哀伤的是：这两颗相似的灵魂如果没有文学作品怎么相遇，我们遇见的渠道是否太狭窄？后来想，我的要求是不是太高，我希望每一条道路都通向你，而留给我的却只有如此狭窄的一条。

而毕竟是遇见了，不管怎么说。有时候我真感觉在灰蒙蒙的乡村和城市里，没有比这更高贵的事情，我一直在揣摩，我所有的，我一切的荣誉是不是就是为了让你看见我，知道我的存在？我一次次打消这个念头，我担心我的狭隘会束缚自己也束缚你。杰哥，当一个人已经无法为她所爱之人抛开一切的时候，她是残忍的，是痛苦的，是无助的。而比这更痛苦的事情是，她把这一切承担下来，认为这是自然的，无关紧要的。

2

　　那天，我问了你一个问题。我说：最近，我常常感觉到温暖，是因为你吗？这是多么愚蠢的问题啊，我知道它的愚蠢，我还是问出来了，我在你面前小心翼翼地任性，而且我还知道你不会给我一个满意的答案，但是没有关系，只要你给我一字半句我就很高兴，由衷地高兴。果然，你说不是因为你，是因为生活本身的赐予。好吧，所有的一切不都是生活赐予的吗？

　　的确，我最近感觉到温暖。仿佛围绕在周身的空气也是温暖的，透明的。我好久没有这样的感觉了。我对人间一些不好的事情也充满了原谅和悲悯。我想这最大的可能是因为前一个月我见到了你！那天要开会，前一天接到通知，我特别高兴。你知道吗？这一年，我经过了那么多龌龊的事情，我成天心惊胆战。如同惊弓之鸟，惶惶不可终日。但是想到能够在开会的时候见到你，我多么高兴。后来，又通知会议取消，我特别忧伤，我又错过了一次见到你的机会。幸亏第二天又通知会议照常进行。

你和从前一样，没有什么改变。你和从前一样，和我保持着距离；我也和从前一样，见到你就莫名紧张，紧张到手心都是汗。杰哥，你看看吧，我就是一个见了多少世面在你面前也不能自在的女人。我和从前一样，只敢隔着人群看你；我和从前一样，千言万语，一个字也不敢说出来；杰哥，我觉得我的胆怯是有利的：让你不会因为一个残疾的女人的殷勤而尴尬，让我也不会因为得不到你的回应而忧伤。

我静静地看着你在会议上讲话：我熟悉的动作，我熟悉的表情；我熟悉的你曾经单独对我讲过的故事。我知道你会在什么时候停顿，我知道你会把故事往哪个方向讲，我甚至知道它的结局。我知道这一切，我却还是不去窥探你的秘密。杰哥，我需要你向我保证，有的秘密，你什么时候也不要告诉我。有的痛苦，你什么时候也不要告诉我；如同我一样，我的许多痛苦也不会告诉你。我要给你留一间最大的房子，装满你所有秘密。

看起来我像一个孩子在和你说话，尽管你也一直说我就像一个孩子。但是杰哥，你不觉得这是最要紧的问题吗？我们的人生需要足够的空间。当然如果你想说，我也会好好听。那天我说：我给你准备了很多酒，你说你有一天会把我的酒喝完。我想我得不停地买酒回来，哪怕不是为了留住你。

会议结束。本来是约好和别的朋友一起吃饭的，但是我推掉了。我就想多看你一会儿。可是看你的时候我也是紧张的。而且我想起我这样的紧张曾经也对别人有过，像一个谎言，又明明存在。

3

人们围绕着你，真的如同一群星星围着月亮。而实在的，你在我们这个地方，也就是一轮圆月：你的见识，你的胆气，你的人品的确没有人能够比得上。有时候我想，在同一个时代出现一个优秀的人是一个时代的人的福气，在一个地方出现一个人中之龙是一个地方的福气。这么说，肯定不是在拍马屁，哈，我多希望自己会拍马屁，哪怕是拍你的呢。但是没有比我更愚笨的人了。

这样的话我也对诗人朵渔说过。朵渔的诗歌，他的批判精神，他不与时代妥协的性格是我们这一代人所缺乏的。我们这一代诗人里，没有几个硬骨头。别说什么个人价值观了，我们连形成自己价值观的能力都没有。这是很悲哀的事情，然而更悲哀的是如同我这样的，知道自身的缺点，知道人格的缺陷，而我们没有能力改变，我们的骨头都是软的。

　　杰哥，看起来这都是虚幻的东西，看起来，它就是精神层面的东西。但是它又影响了我们的行为，这是不争的事实。我想说什么呢？我想说我对一个人的称赞都是发自内心的。我这样说你，是我除却了情感的因素对你观察的结果。我是多么矛盾的一个人啊，我既做不到像玲儿一样对你单纯的喜欢和爱恋，我也做不到像一个女匪一样把这些细微的情感放置一边。一个人的性格决定她自己会遭受的困境。我曾经想是不是我要求多了，但是不对，还是因为我没有成熟的性格导致的我的困境。在许多时候，我又如此胆怯：他们和你说话的时候，他们对你提要求的时候，他们围绕着你的时候，我在一边呆呆地看着你。这真是可怜，我只是想把这能够见到你的时间，把你的每一个表情、每一个声音都记下来。

　　我能做什么呢？我甚至不能装模作样地和别人一样走到你面前和你寒暄，我连寒暄都不会呀。但是我心里却有一种呼之欲出的东西，无法抵抗的东西，甚至我没有能力表达的东西，它就在那里：在我浅薄的身体里，在我和你之间的每一粒空气里，它就在啊！越到后来，我越没有办法把这东西说清楚，我越不敢触摸，仿佛一个触碰就会引发什么。

　　回想起我也曾经在另外一个人面前这样过。但是那时候我还多一种恐惧，那时候面对的不仅仅是单纯的情意。哈，杰哥，说起来，我比你更早认识他好几年，但是前几天我们见面后，他送我回家，我还是不敢在他面前多停留一分钟，像老鼠一样溜走了。我对自己只剩下嘲笑,那个在网上被视作"荡妇"的人，那个写《穿过大半个中国去睡你》的人真是枉对这一世花名。

我想我最近感觉到的温暖也许就是和过去的人的和解。和他们的和解，也就是和自己过去的和解。杰哥，我真是冤枉啊，一些女人轻而易举就能够做到的事情我却付出了半生努力。你告诉我，这值得吗？我不需要他们的了解更不需要他们的理解,这些对一个人的生活和生存是没有一点意义的。多少年里，我已经打消了被人理解的念头，我觉得这是一件可耻的事情:我们如此卑微的人生怎么能够要求别人理解呢？而所有的理解，哪一个是没有错位的呢？我更愿意活在别人的误解里，甚至是你的误解里啊。我最近感觉到的温暖，杰哥，我想更多的原因是我感觉到你的存在。

你的存在，对我而言就是安慰。就如同朵渔等人的存在对于现代的诗歌就是安慰一样。我能够感觉到的温暖也是因为我主动把我们的距离往外推了一厘米，我再不敢那么急切地站到你身边，当然我也从来不敢急切地站到你身边。尽管有这么多的不敢，我还是觉得我有一些急切，虽然我们的生命漫长，而爱，对我而言，只是一个证明，而不是一个过程。你看好端端的我又说到了爱，我是多么庸俗的一个女人。杰哥，我能以什么去爱你呢？我能拿什么去爱你呢？在我而言，爱就是实实在在的行动和给予，而现在，我拿什么给你呢？杰哥？

4

那天，约好了和几个朋友喝酒，包括我认识多年的那个人，但是后来知道我们要一起吃晚饭，我毫不犹豫放了他的鸽子。哈，放一个曾经被自己喜欢的人的鸽子真是一件快乐的事情。当然，我从来不屑在与人的交往里耍什么心机，我觉得我不是为了这些心机而来到这个世界上的。所以，杰哥，我永远是一个傻头傻脑的孩子，无论你怎么为我着急，我也是长不大的孩子。常常，我为此而忧伤而烦恼，你不可能喜欢一个没有脑子的女人，但是我能怎么办呢？

我知道在酒桌上我会干什么事情。我的痛苦在于我的出丑卖乖，我的洋相都是我预计好的，都是我可以避免的。但是我又不想避免，我何必去避免？如果没有醉意，我哪敢对你多说一句话，而我有那么多的话想对你说的。我喝不了多少就会醉，这是一件好事情。所有的喝酒不都是为了醉么？不然我们为什么要浪费酒呢？我的醉也是预计好的，如同我和你的相遇也是预计好的。当然这是命运的安排，却不是像喝酒这样的事情是能够被我们左右的。

　　一个人醉酒是他自己想喝醉，这绝对是一种主动。那些说是因为别人把自己喝醉的人是不诚实的。有时候我就想把自己喝醉，醉了以后，我就会放松一些，我就没有那么紧张，没有对这个世界和人的恐惧了，也没有面对你的时候那么紧张了。有时候我想，我是在以醉意扶正醉意，以自己的戏谑对抗人生本来的戏谑。这是我一个人的秘密，一个人的游戏，我不希望有人看穿。杰哥，在你面前微醉，我就能把我的委屈和哀伤全部压回心底，我干脆就以你不以为然的孩子的身份出现在你面前。

　　其实怎么做都是牵强和做作的。如果此刻，我一个人在我的房间里，这安静和时常涌上来的叹息是真实的我，这心疼和透明的温暖以及透明的绝望围绕的我是真实的；如果我夜半醒来会叫一叫你的名字，如果这些都是真实的，那么在你面前欢笑的我，在你面前滔滔不绝说话的我，她又是谁？一个人在社会里仿佛多张面孔的转换，真是一件辛苦的事情。想着你更是如此，想着你不得不在许多场合里隐匿一些东西，你是多么痛苦呢？而我又无比地相信你：在快乐和痛苦之中总是能抓住最真实的自己，当灵魂在社会的钢丝上颤颤巍巍地行走的时候，你一直都能够找到平衡的那个点，那个游弋着的平衡的点。

5

很久以前，我读你的作品，那时候想见你的冲动一闪而过，仿佛昙花一现。那时候我还不知道文学对我们意味着什么，我甚至不知道它已经在我的身体里丢下了一颗种子。那时候我的生命还是混沌的，如今也没有明亮多少。但是你的文字真是揪住了我，让我和一个女孩的命运联系在了一起。这些曲折的事情如今汇聚成了一个明亮的答案：让我认识你！有时候我想着这些，就感觉到温暖和神奇。而无疑，杰哥，你是最温暖的温暖，最神奇的神奇。哈，这些听起来真是小女人的情话，说情话也是创作呢，不，是发现。发现我还能说，我还可以说。不管怎么样，这是让我自己感觉愉快的事情。

有时候我想，我所有的努力，命运所有的安排是不是就是为了让我在我的位置上如此欢喜地看见你。可是我不愿意这么想，我是贪心的，杰哥，我想要生命为我打开得更广阔更深邃。我要在这所有的路都通向你以后，还能从这些路上返回去，尽管我知道这是多么困难的事情，而我知道你会喜欢这样，所以日子悠长，我一边靠近也一边远离。

你写的那篇小说，真实的小说，我读了许多遍。每一次读，还是会流泪。如果玲儿，她不曾喜欢你，她的生命哪会这样动容？而杰哥你，如果想起，除了感觉温暖，还有生命的加持。

我想在你累了倦了的时候，回忆往事，虽然人已不在，但是温暖还在，我们活得有所依持。并不是我和她一样身体不好而兔死狐悲，这浅薄的悲悯已经在我的身上慢慢转化成思考。一个人一辈子单纯地活着，一辈子就喜欢一个人，这是上天的恩宠。一个人，如同我，情无所依，活得张牙舞爪，这是上天的惩罚。而恩宠和惩罚有时候也混为一团，这是生命的魅力。

我们都在用力地活着，几乎表演般地用力。死去的化成了土，活着的把这土堆积成了山。我和你，如同这江汉平原上的两个小山头，阳光里、风雨里互相打量。就等着百年以后，各自山脚下的土在雨水里混合在一起。写到这里，我想放弃还写下去的心情。

他从雪山经过，走下来

　　即使遇见，也是在白茫茫的时空里。空间是白的：没有任何事物为这一场遇见准备娇艳，妩媚；果实是虚拟的，没有到秋天就已经中空；好吧，燃一场烟火，那些噼里啪啦的响声注定不会坠地，就消逝于自我与本来。

　　我从任何角度描绘那一场相遇都有虚张声势之感。好吧，活到这个年纪，我们把用旧的肉体放置一边，因为它的角色已经司空见惯，我们且说它可有可无。其实所有可有可无的东西在确定存在的事物消逝以后反而比曾经实在的东西诚实得多。一颗诚实的心是容易表达的，而这以后，你得长久面对我的肉体，我会心疼你的疲惫不堪。我会因为我的肉体配不上我的心灵而愈加羞愧。

　　嗯，我安排了一座雪山给他。给中年已经历经世事的男子，

278

不大的雪山，山脚下甚至有细长的草圈、散漫的流水以及小群羔羊，在阳光下，毛色发亮的那种。甚至，还有一个年轻的异族姑娘在不远的地方居住，总有一天，他会发现她，爱上她，然后弃她而去。你看，我总是这么苛刻，总是一下子就说出命运的安排，所以命运和他都有理由对我恼羞成怒。分离在遇见以前就已经潜伏在路上，这是安排好的剧情，是忧伤的抚摸。我们也得给命运一点活路：如果遇见过于美好，就不适宜在这样的遇见里多待，生命的好意一下子用完总是有些过意不去。

可是，在虔诚里打开的必然是诚惶诚恐的虔诚，就算知道患得患失已经预言了必有所失，可是我还是想把这所失尽力失得合我心意。他在远方，那时候想去看他的火车迟迟没有开来，到如今想必已经开过去了，只是我一个恍惚就错过了。命运的安排之下，我不想虚情假意地说什么遗憾。嗯，我曾经模模糊糊地想过去看他，坐着绿皮火车慢慢悠悠地一路晃过去，把沿途的风景都看饱了，最后去看他。我已经安排好了一次错误，而且预先已经抛开了结局。但是结局永远出乎意料，所以有着自欺欺人的本质。

但是我走了一半，远方就传来了消息：他们在一起了。他们没有按照剧情的安排，提前在一起了。那个年轻的女子把羊群赶到他房前，任他抚摸，任他赞美。天苍苍野茫茫，他们都以为这是必然的遇见，但是不想预计必然的分开。爱，从开始的糊涂沦为更糊涂，只有糊涂到血肉模糊才可能重新探到一条必然的出路，而现在，当然不是时候。

我停了下来。停在异乡，我听不懂人们的方言，也不了解他们的语言不知不觉形成的咒语。我不认识当地的植物，它们茂盛的样子就是为了刹那的凋败。不灿烂到极致，怎么悲惨给你看。"人间的悲惨是把美好的事物撕碎给你看。"人间还有一种隐匿的悲惨就是我知道我会怎样灿烂，但是我已经没有了心情给你看。我知道给你看了你会怎样欢喜，但是你的欢喜与我无关。

我停下来。一个异乡人停在另一个异乡，我用这比绝望更明媚的冲撞把一个身份从一种心情里拉扯出来：流浪对应了先天性注定的流浪，如同一个乞丐找到了他的乞丐服。我一停下，关于爱情的预言就敲开了我的门。哦，天啊，我怎能不明白，我只是想堵住自己的耳朵，盗一只别人遗弃的而我还没有见过的铃铛。

这样的地方不会缺一个小酒馆，当然也少不了对一个买醉的女人好奇的人。他面目慈祥地看着我，胡子还很干净，没有沾上酒精。我唠唠叨叨跟他说这些，仿佛把半辈子交给了一个陌生人。而天地之间，只有永远的陌生人，我这么对他说的时候，他温和地笑着。他说：你要找的那个人也可以在任何一个地方找到，你不过对自己留着小心眼。我对他说：像你此般聪明，葵花都不会在你面前开了。他说：它开它的，它不会管我，我没有喝醉的时候也可以看看。

是的，那个小镇上的葵花开得一派灿烂，仿佛就为了让走到岔路口的人迷失方向，大摇大摆地告诉你葵花是圆的，地球也是圆的，你不过是在和自己绕弯子。寂寞的家伙都会这么做，这没有什么稀奇的。但是你不能把答案说出来，说出来，无趣就会惩罚你了。我说：其实和你在一起也舒服。他说：今夜月光好，我将启程，不介意的话，我可以带你一程。我说好。

我总是不小心就丢在后面，在小小的陷阱里把挥之不去低头更稠的忧伤任意放大，他对我的小把戏置之不理，而我在对自己的鄙夷里像泼水墨一样把这悲伤渲染得浓墨重彩。后来他越走越远，直到看不见。可是我想遇见他的时候，他一定会酌着月色和我喝酒。偶尔我想如果我们在一起，后半生也会多杯温暖，但是就想想，想想而已。

我没想到我给他的雪山会是化不开的雪。他和那个姑娘常常看着雪山发呆，发呆的时间长了，她会问：我为什么遇见你？当他们一起从雪山上滚下来的时候，她就问他：我为什么遇见你？那时候她是迷糊的：当他们的肉体融合在一起，她的身体是满了，但是她的世界空了。她需要一个人站在她的雪域高原上，而不是穿过了她身体的一个人。于是她把他推远，于是她把羊群赶得他再也看不见。

原来许多人向你打招呼，只是告诉你他的存在，他的故事轮不到你写。其实我们想为一些人写一些故事，不过是偶然遇见，酒醒之后，无事可干。而现在的我并不是为一个人着墨，也不是担心那么快就忘记一个人，只是好可惜：我们的生命里再没有至死不悔的遇见，遇见以后也没有人忍得住怅然若失的平凡。

我用生命的二十分之一爱你

胡涛：

　　我的亲爱的朋友，写下你的名字的时候，天气好得让人忘记了根深蒂固死的欲望和昨天深夜我们聊天的时候附会在我们身上和整个房间里的阴气。许多事情都让人无能为力，当我和你遇见的时候，我就是倒立着在人间行走的人。许多年，我幻想在一次次和别人的交往里把倒立的影子扶正，我虽然早就知道这是不可能的事情，但是我又势必戏谑着让自己这样蹚过无聊的人生。

　　亲爱的，我总是如此悲观。反而是这样的悲观让我与你，与这个世界保持了必要的距离。当然如果有时候我活得不耐烦了，或者我等得不耐烦了，我就会把它破坏。我们一直在被破坏着，不是被这个世界就是被自己。而破坏在人群里，不过又是一种戏谑，没有人为之唏嘘。当然所有的唏嘘和同情于我们本身是于事无补的：所有看客的心态连接起来也无法缩短我抵达你的距离。

昨天和田老师聊天的时候，我一不小心走漏了心里的风声。我说我有一份深情，却把它分成了二十份，它们因为零碎，而让我躲避了孤注一掷的危险。你说我花心，我就很得意，但是我没有问你我是什么花，是牡丹花还是夜来香，反正什么花都是花，我最喜欢的是抛弃了慈悲的、让大地涂炭的花。前几年，我的老情人（如果没有上床的能称为情人，你得原谅我情人遍天下），好吧，还是说老朋友比较合适。我的老朋友老亦说我是猫儿眼。猫儿眼太普通了，我现在走出门去，田埂上到处都是：翠绿的叶子层层叠起，叠到上面就是黄色的了，如同猫的眼睛。

猫儿眼是有毒的。牛羊从来不吃。但是那一年，当我陷进无端的绝望里，我相信这样的绝望会不停出现，包括现在和你的交往里，也包括以后我遇见不同的人。有毒的猫儿眼在外面乡村铺天盖地，但是没有一个人因为它而中毒。如同巨大的绝望铺天盖地，我们无法选择在最好的绝望里死去。那一年，我扯了几根猫儿眼吃了进去，我就想看看它在身体里的反应，结果如果排除我的心理作用，它根本没有影响到我。

就是说它的毒不大，或者是隐性的。去年我妈妈得癌症的时候，我得了一个偏方：就是把猫儿眼煮鸡蛋，让它的汁渗透到鸡蛋里，以毒攻毒，但是我妈妈那时候在化疗，承受不了它的攻击，吃了几次就不吃了。但是的的确确有人用这个偏方活了许多年。人得了癌症，直到死去，人们总是以为他是病死的，其实实际情况谁也不会那么清楚。

说到花，我栽的一棵蔷薇开了，但是不是蔷薇，是一种下贱的刺花，它讥讽般地开给我看，在风里颤抖着落下。我被淘宝商家欺骗了，但是我没有和他理论，甚至不给差评，亲爱的，我这么善良，你怎么办？但是花就是花，不管它是什么花，开了就是慈悲！（就像不管什么爱情，睡了才是硬道理一样。）花不开怎么凋谢，爱情不睡怎么完蛋？事情如果悬着，总是让人不舒服。

你看，我总是这个样子：种不出好花，说不出好话。我本来就种一棵好花，让它大朵大朵妖艳到不要脸地爬满我破败的门楣，但是它不遂我心。许多事情我们怀着美好的心愿交往，但是结果总是不尽如人意。但是我们还不能沮丧，因为这样的事情一定是让人沮丧的，沮丧已经没有了新意。而且我们还不能对这样的事情怀抱不满，因为它呈现给你的永远都是事情本来的样子：如同我喜欢你，而你不喜欢我。

是的，这没有什么丢人的：你不喜欢我，是因为你的灵魂无法和我对等，鬼知道你是不是真的有灵魂呢，而且死了能不能变成鬼都不知道。而且我不过用了我生命的二十分之一喜欢你，如果有可能，以后会上升到十分之一，这个比例已经够大了，我得想想是不是划算。而且如果这些日子我对你的牵挂已经抵消了这二十分之一，那以后我们就没什么关系了。各自装模作样说一声：你若安好，就是晴天。

嗯，你若安好，就是晴天。但是能够说出这句话的人已经不会在乎你那里什么天了，他知道你那里下雨你自己会买雨伞，如果傻到雨伞都不会买，亲爱的，你就好好淋雨吧。

呃，我得打住！把一封情书写成这个样子，我得好好检查我的智商和情商了。我一直以为我的智商为一，情商为零，当我遇见你的时候，它们统统下降到负五十！如同我在电脑上打麻将，打了几年还是负分，我的爱情理所当然应该是这个样子。

亲爱的，我还是好好蜜一下你吧，担心下次去北京你不请我吃饭。

涛，我的小白脸，一年后的春天我们相遇，我心疼地看着你变成了大黑脸。我想象你在京城的日子，你吸雾霾的样子。亲爱的，谢谢你，谢谢在北京热爱生活的人们，谢谢歌舞厅，谢谢澡堂子，它们把一个个人变得生龙活虎。总是有人感叹：人心浮躁，在城市里安静不下来，但是心不安静，在哪里都一样，比如我。我现在就沸腾着对你的滚滚思念啊我的涛，我恨我自己。我觉得读书比想念一个人好得多，我觉得我思念你是在犯罪。如果思念你的同时还在思念别人就是罪上加罪，数罪并罚，你枪毙我吧。

涛，我们每一个人都是孤独的，我相信这样的孤独爱情根本无法解决，所以允许我在爱你的同时对爱情绝望。看着你午夜和你的猫在一起，我甚至想到多少个夜晚你曾抱着猫哭泣。我不知道我感受到的虚无你是不是也感受到，所以在放纵和矜持里你都左右为难。我以理解许多人的方式理解你，我也希望有机会看到你的特别的地方。

嗯，有时候我对自己是满意的。比如今天：我的脚伤好了一点，我就蹲在田边看玉米苗子，它们在风里摇摇摆摆，青翠欲滴。可惜你看不到，亲爱的，我可怜你了。

不说了。我还会给你写信的。

你的姑奶奶：余秀华

2016 年 4 月 30 日

我们在洁白的纸上写的字

——拥抱，致敬何三坡

在海宁见到他，是吃过晚饭以后扭过头，看见隔壁桌上的那个男子。有人介绍：何三坡！我的小惊喜一下子就蹦了出来：知道，我知道，何三皮！初次见面我就扒掉了他一层土，就剩一张皮。其实这个名字只是隐隐约约听过，他的诗歌也是隐隐约约读过，要说有多了解，的确谈不上。幸好他知道我，不至于让我的玩笑太突兀。我只读过他的一组诗歌，一组诗歌让人记住一个人就足够了。

晚饭以后，一群人一起聊天，他坐在我旁边。只言片语里，知道了他生活的一些片段。我始终对别人的生活没有好奇心，同样对初次见面的他没有好奇心，但是好感油然而生是因为他的坦白和坦诚。相同的性格里，我以为我们的灵魂家园有一块地方是接壤和重叠的：我们可能来自同一个国度，同一个村庄。他说他的老家在贵州，有一栋小小的吊脚楼，他的父母死于"文革"，现在他的吊脚楼由一个亲人照管着。

我的脑海里就出现山风滑过松林，在小小的木楼周围旋转出的许多小旋涡。或者太阳缓慢地照着木楼上一些已经松垮的地方，仿佛过去了的时日还有尾音留在这里，让人抓不到的。后来他离开故乡，身心都四处流浪。如果在汹涌的人群里看见一个戴大叶帽穿大腿裤的男人，没有人会探究他的欢喜、伤悲和人过中年以后还有的迷茫。甚至他确确实实地坐在你面前，你还是会迷失于他体内的迷雾。

第二天晚上，得知他和董鑫去了乌镇，我们几个人一吆喝，也打了一辆车急匆匆地往那个地方赶。这一时兴起的旅行让我们很兴奋：我们原本都是在尘世里不要目的散漫行走的孩子，而生活却要求我们把身体里的孩子放在一边，这个时候他一召唤，我们立马就回去了。车在夜色里，在雨里漂移，我们如同大海里趴在一片树叶上的几只小蚂蚁，兴奋地叫着。

在乌镇与他们会合，雨刚好停了。稠密的灯光挂在一座座古老的房子角上，照着好不容易沉寂的时间，照着疲倦的流水和流水上的乌篷船。如果不充分了解脚下的一块块青石板，就不可能让自己有一刹那的古色古香，我们注定是乌镇上的过客。看了木心美术馆，就沿着一条水慢慢走，好在那条水够长，而我们的时间够用。

　　我抓住了他的手。许多时候我都是这么干的，为了走路稳当，我厚颜无耻地逮谁抓谁。好在我的身体宽容了我的"轻薄"，让我在尘世里行走多出了许多温暖，这也是许多人觉得我如同孩子的原因之一。时常想起小龙女抓住杨过时的两小无猜，我不是小龙女，如果谁抓我的手时间长了，我还是会猜的。

　　一路散漫地谈着，慢慢扯到人生，扯到虚无。他用佛的智慧告诉我：人间看到的都是虚像，万物都是组建，没有一个是原始的单一，所以缘起缘灭、爱起情落都是自然，人不应该为这些事情悲伤。我一会儿仿佛了解了，一会儿又被自己的疑问打回原形，始终没有找到让自己信服的理由，而他说话慢吞吞的，让人着急。

　　同意第二天跟他去上海，有一半原因是因为董鑫，说不出来原因，就因为他喜欢我的诗歌，就因为他看着我的时候眼睛里的疑问和认真。当一个人认真看着你的时候，他的认真会形成你新的疑问。何三坡柔弱，而董鑫看上去就很有力量：生命的力量。结果证明了我的判断是正确的：他对事物的认识、他的价值观是超过了我的，这些新鲜的认知让人听起来很带劲。

　　两个晚上，我们都在同一个小酒吧里喝酒。第一天是一个年轻的男孩子在唱歌，隔壁是一个买醉的和我差不多年纪的女人，她叫我妹妹，她说爱我。呵，我也喜欢这陌生轻巧的爱，仿佛不动声色的春意。

第二天晚上，我们又到了这个小小的音乐餐厅，换了一个女孩子唱歌，刚好我们坐到了昨天的位置上：多么美好！

照样喝啤酒。尽管我更愿意喝白酒，我这急匆匆的性格总想把什么事情都一下子搞定，包括醉酒。但是三坡说他不能喝酒，喝啤酒都是勉为其难的。是的，他的确不善喝酒，一杯下去，他的脸就红了。我的心里藏着离别的小哀伤，却因为初次见面，无法把这哀伤想明白、说清楚，所以哀伤是我一个人的事情，这样的时候，我又恢复了不善言辞的本性。

三坡的话不多不少，但是一些事情还是慢慢说了出来，说他现在的老板，现在的工作，说他们不约而同的理想。故事没有曲折但是非常旖旎：我的面前坐着与众不同的人，有着与众不同的人生。

他的脸越来越红，眼睛也红了，后来啜泣。

他的哭泣不会像雷霆一样让我战栗，但是我一定不会忘记：这个五十多岁的男子讲述他牵挂一个女子，他的心是疼的。他担心那个女子孤独，但是他无法带她一起生活，他疼；他不时擦擦自己的眼角，嘘唏有声，这样的时候我就举起酒杯：喝酒吧，喝酒。

后来他又讲了一个残疾的男人：男人智慧，才华横溢，但是生活不容易，三坡后来带他到北京。他说这些，我嘘唏不已：

这是怎样的一个男人啊！那个男人好不容易结婚，也生了一个孩子，却得了癌症死了。他没有说生活不公平没有说人生残忍，他只是哭。

他为这两个人喝了一晚上酒，哭了一晚上。

上海的夜色迷离，没有一块地方有一块整洁的黑暗，门外是凄冷的小雨。

分别的时候，我紧紧拥抱他。这个夜晚，我没有给我在意的那个人发微信，没对他说：晚安！

我们每个人都是一座沙雕

我知道歌手小河，是因为我们的编辑是同一个人。编辑是一个神通广大的女子，天下人的微信她几乎都有。小河几个月之前关注了我的微博，让我的心有一些温暖的波澜，但是我迟迟没有点他的关注，这是一个无法说清楚的事情，我没有骄傲，但是天生有倦意，而今，在母亲过世后，在武汉的飞机场敲打着小文字的时候，似乎倦意更浓，我想这也是我这几天一直昏昏欲睡的主要原因。

当然后来我还是加了他的关注，因为还是忍不住微薄的好奇去他的微博里溜达，当然我一直怀疑这样的好奇更多出自于无聊。我于无聊处看到了小河的一头白发，白得干净而晃眼，与他年轻的面容形成鲜明的对比，他的眼睛是清澈的，但是目光有经历世事后的洞彻。于是我点了他的关注，让他成为我二十个关注人中的一个。

到达舟山的时候，音乐节的主办方无法分身来照顾我，当然如果没有人陪，我也会自己出去找吃的，我的依赖心一直让我觉得十分羞耻，但是我每每是让这样的羞耻加重。他们的志愿者呆呆地站在那里，根本不知道应该做什么。我问他们：你们的工作是什么？他们说：接待嘉宾啊。我说：我就是嘉宾，你们怎么不接待？他们问：请问你要什么帮助？搞得我很恼火，想着要不不参加演出了，直接培训他们好了。

到了房间，不知怎么就得知李先生和小河都过来了，一时很高兴，好像有了依靠。于是赶快给编辑打电话，要来了他们的联系方式。李先生我早在南京见过的，在他的酒吧里，许多人给他敬酒，叫他逼哥，但是李先生一点酒都没有喝，也许他觉得在自己的酒吧里喝别人买的高价酒不好意思呢。但是李先生已经演出结束了，正急匆匆地赶往苏州。幸运的是小河还在，而且待的时间将比我待的时间更长，我就笑了起来。

我是在一家排档前见到的小河，和我在一起的女孩说要过去接他，但是一转身就看见他已经走过来了，身边是他小巧玲珑的助理。毫无疑问，那就是他，除了他标志性的一头白发以外，其他的特征，我仿佛也是熟悉的：他的眼睛他的脸，包括他走路的样子，虽然没有"好像在哪里见过似的"，但是的确是那样了解的。

和我一起的女孩点的晚餐，几乎都是素菜，除了一盘鱼（四条没睁眼睛的小鱼，不够分），一盘虾。偏偏我不爱吃虾。他们把这两样叫"海鲜"，真是好浪费的称呼，鱼虾我们内地也常见，怎么好意思叫海鲜呢？我把我的疑问说了出来，他们还是强调：这就是"海鲜"，好吧，反正靠近海边，麻雀都是海鲜。

小河不吃肉，不喝酒，连鸡蛋都不吃，所以长那么瘦。不过别人不喝酒并不影响我，我倒是希望我喝酒影响他，结果是谁也影响不了谁，我喝我的酒，他看着我喝。当然他也不好意思老是看着我喝，就把一盘虾子剥了一大半放我碗里来，虽然我看他去卫生间出来没洗手，但全部吃了。

说到年纪，小河比我不过大一个年头，于是我立刻就成了他的"秀华妹妹"，他就不能不变成我的"小河哥哥"了。虽然咱俩的编辑一直教训我：不要和别人哥哥妹妹的，多腻歪呀。但是有什么办法呢，天上掉下个小哥哥！自拍一张发在朋友圈，几个人都说咱俩像，诗人芒克也这样说。小河说是兄妹相。小河为什么说是兄妹相呢，因为小河不吃肉。

吃饭后，我们就去海边，我终于知道"东海音乐节"的东海是东海了。第二天上午看东海的时候，它的确是个美丽的地方。但是夜幕下，我不知道它是什么样子。小河哥哥欺负我人丑不会闹绯闻，就牵起了我的手。我的这双手啊，被太多人牵过，牵过就扔开了。要不是我有一点醉意，小河牵我的时候，我就不会浑身一颤了。

人真多啊。这些人如同地上长出来的，也像是从天上掉下来的，完全不知道他们的来龙去脉。我就不相信人是上帝造出来的，上帝有那么闲吗？造那么多人出来干吗？在人群里，我有莫名的恐惧，生命在这样的时候渺小得要死，如同脚底的一粒沙子。我紧抓着他的手，我不是担心丢失在人群里，我知道即使丢了我自己也会找回去，但我就是紧紧地抓着他。心里想着：你就忍忍吧，反正明天分开了，就抓不到你了。

靠近海边有两个舞台。一个大舞台，也是音乐节最大的舞台。一些腕儿比较粗的都在这里演出，晚上，中孝介就是在这个台子上唱歌，尽管他把《童话》和《青藏高原》唱得稀巴烂，直接侮辱了听众的耳朵。我们在两个舞台中间的沙地上溜达，暗夜里只看见一层海浪的白边泡沫儿扑在沙滩上，一部分死去，一部分退了回去，重新混淆在了海水里。我没有踩水的欲望，也有人管着，不让接近，说一会儿潮就涨上来了。

记得第一次在深圳的海边，白天里，大海清晰明朗，我对那翻卷而来的波浪恐惧得不得了，根本不敢把脚放进水里。我的确对水有天生的畏惧，但是我又喜欢水，喜欢水发出来的各种各样的声音，多像爱情啊，你看着它汹涌澎湃，但是无法接近。小河应该白天里接触过水，也没有走过去的愿望，所以我们就只在沙滩上溜达了。

然后就到了大舞台的后面，这是一个沙雕区。各色人物都被雕了出来，还有一些有名的建筑，比如白宫，布达拉宫，还有我熟悉但是叫不出来名字的，有棱有角，栩栩如生。有限的平方上似乎延伸了无限的可能。当然还有一些人物：李白啊，郑成功啊，大卫啊等等。还有动物：狮子，大象……它们的眼神透过沙子穿过来，仿佛已无震慑之力，没有欢乐也无哀愁。它们栩栩如生地在这里再死一次。

　　小河拽着我，在这些沙雕之间游走，脚底也是沙，鞋子里也是沙，唯独眼睛里没有沙。他问我：好看吗？我说：每个人都是一座沙雕。小河重复了我的这句话，我们继续在这里游逛。偶尔，灯光照在他身上，照在他满头白发上，好像一种幻景。他是幻景，我是被他的幻景照射的另一处。

　　我们每个人都是一处沙雕，看起来上帝很用心，雕得很完整，但是他无暇顾及你的心脏是不是中空的，和这些真正的沙雕一样，我们只能够在夜色里糊弄一下别人，当然更多的是糊弄自己。人是需要糊弄自己的，特别是在夜色里。

　　但是多么脆弱，风不能吹雨不能淋。只要风大一点，那精雕细琢的立刻就消失不见，这不是死亡，是比死亡更彻底的消亡。我想起我妈妈，想起她被火化成灰，我那一刻的绝望和崩溃。而我们却无法避免已经是一个个正在被火化着的人。

　　我们在夜色里赞美它们，夜色掩盖了它们的瑕疵。其实在这样的场合里，它们是被雕琢得比较完整的，如同那些正在舞台上唱歌的人；它们本身就带有表演的性质，这是喜剧也是悲剧，我们随时面对自己的悲喜同体。其实另外的沙雕，也许在别处，比如我们，被雕琢得并不完美，我们身体里的某些部分都是勉强靠失去的，不需要风，就已经慢慢坍塌。

我们如此悲哀。而又不得不在这样的悲哀上倔强地乐观着，我们很为难，又不得不习惯这样的为难。但是这样的情景里，悲哀是如此多余，舞台上的中孝介已经在做准备，一波波人往那里涌着。